心小了，所有的小事就大了；心大了，所有的大事都小了；看淡世事沧桑，内心安然无恙。

——丰子恺

日子过得真快，对于中年以后的人来讲，
十年八年好像是指缝间的事，可是对于年轻人来说，
三年五年就可以是一生一世。

——张爱玲

过 去 事 已 过 去 了 ， 未 来 不 必 预 思 量 ；

只 今 便 道 即 今 句 ， 梅 子 熟 时 栀 子 香 。

——李叔同

无论哪一个巍峨的古城楼，或一角倾颓的莫基的灵魂里，

无形中都在诉说乃至歌唱时间漫不可信的变迁。

——梁思成

一天只有21个小时，有3个小时是用来沉思的。

——傅斯年

怕什么真理无穷，

进一寸有一寸的欢喜。

——胡适

我行过许多地方的桥，看过许多次数的云，

喝过许多种类的酒，

却只爱过一个正当最好年龄的人。

——沈从文

生命，只在被欲望迷乱了的人心中，

才一定要分出尊卑高下。不争，是人生至境。

——南怀瑾

国馆 编

用孤独和世界对谈

YONG GUDU HE SHIJIE DUI TAN

北京联合出版公司
Beijing United Publishing Co.,Ltd.

图书在版编目（CIP）数据

用孤独和世界对谈 / 国馆编 . -- 北京：北京联合出版公司，2018.9

ISBN 978-7-5596-2345-4

Ⅰ. ①用… Ⅱ. ①国… Ⅲ. ①散文集－中国－现代 ②散文集－中国－当代 Ⅳ. ① I266

中国版本图书馆 CIP 数据核字（2018）第 157634 号

用孤独和世界对谈

作　　者：国　馆
出版监制：杨　琴
责任编辑：管　文
封面设计：李彦生
装帧设计：刘丽霞

北京联合出版公司出版
（北京市西城区德外大街83号楼9层　100088）
北京联合天畅发行公司发行
北京美图印务有限公司印刷　新华书店经销
字数150千字　880毫米×1230毫米　1/32　8.5印张
2018年9月第1版　2018年9月第1次印刷
ISBN 978-7-5596-2345-4
定价：42.00元

目录

C O N T E N T S

目录

C O N T E N T S

YONG GUDU HE
SHIJIE DUI TAN

丰子恺 著

不宠无惊过一生

文 / 苏打格拉凡

生　平：1898年11月9日，丰子恺出生在浙江省崇德县，是家中唯一的男孩，备受长辈温情哺待。他在这样的环境下成长，练就了一颗温柔悲悯的慈怀心，发散在他笔下，就成了童真朴实的文字画风。考入浙江一师后，他结识了一生中最重要的两位导师：李叔同与夏丏尊，启发了他在文学、绘画与音乐上的天赋。毕业后，他加大创作力度，在绘画、散文、译著上都颇有造诣。晚年时期的他曾遭到残酷迫害，落下恶疾，于1975年与世长辞。

代表作：《缘缘堂随笔》、画集《子恺漫画》。

名　言：不乱于心，不困于情。

推荐语：身处乱世，炮火无情，只身一人，以笔墨疗愈人间创伤；即使百年以后，也叫世人不忘其童真善良。

民国时期有一位和蔼可亲的老头，他长相清秀，画的画童真童趣，文章也是写得极其清雅质朴，句句至理。他的心地，如他的漫画一样，善良、温润、有趣。

其实我们都看过他的作品，在儿时课本上，在老杂志报刊上……只是我们并不知这些生动的画，出自于“国漫之祖”丰子恺之手。美学大师朱光潜赞他的画：有诗意，有谐趣，有悲天悯人的意味。

丰子恺特别喜欢儿童，他说：“人间最富有灵性的是孩子。”

他的画处处映着青山绿水、春日斜阳、民国课堂、童稚嬉戏、民国质朴的风土人情、家国情深……

见画如晤，在那个大师辈出的特殊年代，人性的邪、世道的恶，都阻挡不了丰子恺的眼神，处处是善，是美，是真。

初出茅庐，一本译著惊鲁迅

1924年，日本学者厨川白村写了本奇书，叫《苦闷的象征》。它是苦闷文学的代表作，两个月后，鲁迅就抢先买到了日文版原著，开始着手翻译，并在《晨报副刊》上连载，整个文学界为之轰动。

与此同时，《上海时报》也连载了这本书的另一版本的译本。同时出版两本外国著作，这在当时的中国文化界颇为鲜见。

而当时出版这本著作的人，让鲁迅大吃一惊，是一个名不见经传的小伙，他叫丰子恺。当时，文学界许多译林人士很是好奇，鲁迅和丰子恺的两个中译本在翻译质量上，哪一本更好？

丰子恺说："他（指鲁迅）的理解和译笔远胜于我。"这当然是谦词。读者季小波（丰子恺的学生，与鲁迅也有交往）则认为，丰子恺的译本"既通俗易懂，又富有文采"，鲁迅的文章是大家手笔，但译文中有些句子长达百来字，佶屈聱牙。

他为此给鲁迅写了一封信，将厨川白村的原文及鲁译、丰译的同一节、同一句译文进行对照，在比较后指出：鲁迅在翻译上的确不如丰子恺。

几天后，季小波收到鲁迅长达三页的回信，表示同意季小波的看法，认为自己的译本不如丰子恺译的易读，还在信中幽默地说："时下有用白话文重写文言文亦谓翻译，我的一些句子大概类似这种译法。"

鲁迅和丰子恺的两个译本由两家出版社同时出版后，鲁迅叮嘱北新书局将他的译本推迟一段时间上市。这其中的道理很易理解，鲁迅深明大义，自己在当时已是成名的作家，丰子恺则刚走上文坛，如果自己的译本先发行，必然影响丰子恺译本的销路。

后来，丰子恺到上海景云里专程拜访鲁迅，谈到中译本《苦闷的象征》同时在中国出现时，他充满歉意地说："早知道你在译，我就不会译了！"鲁迅却说："哪里，早知道你在译，我也不会译了。其实，这没什么关系的，在日本，一册书有五六种译本也不算多呢。"

鲁迅的态度打消了丰子恺的顾虑，这一段故事，成了文坛佳话。从此，中国文坛多了一个文笔老练的作家。

其实，丰子恺的真正身份，远远不只一个作家那么简单。

一画惊人

大运河走到最北端，一拐弯便可见一座山清水秀的小村庄，叫石门湾。鸡鸣狗吠，扁舟四横，撒网捕鱼，养蚕植桑，这个一共四百多户人家的小镇格外静谧。在这样乡里和睦的环境下，百年不见炮火硝烟，最激烈的，也不过是文人舞文弄墨的较量，一石一砖一瓦，处处洋溢着杭州文人雅士的文艺味道。

丰子恺，就出生在这里，他是家中唯一的男孩，备受长辈温情哺待，他在这样的环境下成长，练就了一颗温柔悲悯的慈怀心，发散在他笔下，就成了童真朴实的文字画风。

后来，他考上了浙江省立第一师范学校，从小“娇生惯养”的丰子恺从未远离过母亲的怀抱，这一趟远门求学，难免思乡心切。就在他最无进学斗志的时候，结识了对他一生产生重大影响的两位老师——李叔同和夏丏尊。

丰子恺说，李叔同像爸爸，沉默，却温和关爱，教会自己许多有用的技能和为人处世的态度；而夏丏尊像妈妈，事无巨细，无微不至地关心着自己。两人的呵护，给丰子恺的心里种下了一颗更加温和的种子。

时日渐久，沉默不语的丰子恺改了许多羞涩的心境，心里明朗起来，在与这两位情谊深厚的老师交流学习中，丰子恺找到了伴随他一生的东西——绘画。

当时，他画了一幅江南小荷，画面稚拙，别有风趣，好友朱自清看了说：“我们都爱你的漫画，像一首带核儿的小诗，像橄榄，意味十足。”从此，这样一种前无古人后无来者的画风横空出世。当时上海《新闻报》曾有一篇评论丰子恺的文章——《丰子恺画画不要脸》。丰子恺看后大吃一惊，怒不可遏，心想：我与作者素不相识，无冤无仇，为何竟遭此辱骂？待看完全文，丰子恺却发出了会心的微笑。原来文章是分析丰子恺画的画，人物脸部虽然大都没有眼睛鼻子，却惟妙惟肖，极为传神。

毕业后，丰子恺从事教学工作，外加创作各种画作，编撰关于美的教育的书籍，十分畅销。但是，他的眼睛看见了自家窗外的孩子们，看着他们玩耍欢乐的样子，渐渐地，心里萌生一个时代的悲哀心酸，这一切都出现在了他的方寸画幅里。

“我的孩子们，我憧憬你们的生活，每天不止一次，我想委屈地说出来，使你们自己晓得，可惜你们懂得我的话的意思的时候，你们将不复是可使我憧憬的人了，这是何等悲哀的事啊。”

一生童真，一生有趣

丰子恺在中国台湾地区办画展时，谢冰莹劝他定居那里。他说：“台湾地区好极了，是个美丽的宝岛，四季如春，人情味浓。只是缺少了一个条件，是我不能定居的主要原因。”

“什么条件？”

“没有绍兴老酒呀！”

他常跟人开这种玩笑，跟外人如此，跟自己的儿女更是如此。有不少人以为丰子恺是吃常素的，理由是他画过6册《护生画集》，提倡爱护动物，不杀生。确实，丰子恺吃过一段时期的素，但后来就开荤了。他对荤菜有所选择，只吃鱼虾蟹蛋鸡鸭之类，不吃猪牛羊肉。

丰子恺装了假牙以后，蟹钳咬不动了，在家里还可以用榔头敲敲，到外面去吃蟹就不行了。

在杭州时，有一次他到王宝和酒店去吃蟹酒，小女儿丰一吟陪在一旁。他要女儿替他咬蟹钳，女儿天生对这样的动物感到畏惧，但父命难违，只得勉强屏住气替他咬了。

以后女儿曾几次问父亲："为什么你那么喜欢吃蟹？煮蟹的时候不是很残忍的吗？"丰子恺点点头，承认是那么回事，但他无可奈何地说："口腹之欲，无可奈何啊！"

丰子恺在《忆儿时》一文中详细描述过祖父吃蟹的情况，最后说："这回忆一面使我永远神往，一面又使我永远忏悔。"当时他正茹素，后来开了荤，就恢复了"永远神往"的吃蟹这件事。他和祖父一样吃得很干净，蟹壳里绝不留一点蟹肉。女儿在一旁看了觉得惊奇。这时他便得意地说："既然杀了这只蟹，就要吃得干净，才对得起它！"他反复地说这句话，好像是为他的吃蟹做辩护，或者是对蟹内疚的补偿。然后丰子恺每次吃蟹，总是把蟹钳头上毛茸茸的两个东西合起来做成一只蝴蝶，吃几只蟹就做几只蝴蝶，所以一到金秋季节，家里墙上总是贴满蝴蝶。

吃蟹，很无可奈何，所以他吃完会接着补说一句："单凭这一点，我就和弘一法师有天壤之别了。所以他能爬上三楼，而我只能待在二楼向三楼望望。"

弘一法师，毕竟是他一生都在仰望的人。

"世寿所许，定当遵嘱"

李叔同出家了，法号弘一法师。他知道，老师的爱国热忱从未泯灭，为了帮助老师弘扬慈怀，他决定为弘一法师画一部《护生画集》，四十岁画四十幅，五十岁画五十幅，直到一百岁画一百幅。

当时时局混乱，丰子恺居无定所，为了笃定意志，他给老师留下一封信，写了八个字："世寿所许，定当遵嘱。"即若自己能活到老，便将此画按约定完成。师徒两人发愿流布《护生画集》，丰子恺作画、弘一法师题字。

《护生画集》，所谓"护生"即是"护心"。弘一法师说："去除残忍心，长养慈悲心，然后拿此心来待人处世。"即刻说完便动笔，画集预计在1929年出版。丰子恺想到，那时弘一法师正好五十岁，何不画成五十幅出版，以贺恩师五十寿辰，待到恩师六十寿辰，就画六十幅，以此类推，直到百岁寿辰画到一百幅。丰子恺把这个想法告诉了弘一法师，弘一法师也极为赞成。就这样，由丰子恺作画、弘一法师配文、马一浮先生作序，在1929年弘一法师五十岁时，五十幅的《护生画集》出版。

1938年，日军侵华，丰子恺携着一家老小，颠沛流离，过着逃难求生的日子。眼看弘一法师六十岁生日在即，无论什么情况，丰子恺都不能忘了那六十幅画作。某个夜晚，大雨滂沱，一家人躲在一间屋子里避雨，桌子上正摆着未创作完的画作，不巧桌上的瓦当处有一漏洞，把整个画稿浸湿。丰子恺没有办法，只能熬夜赶制。一连下了一周雨，一连熬了一周夜，为此他染上风寒，但依旧不忘弘一法师的重托。

后来弘一法师没能等到《护生画集》的后几集，就在1942年，六十三岁虚龄时，在福建圆寂了。弘一法师圆寂前，心里念着《护生画集》出版的事。他曾经给友人写信，希望友人能帮助丰子恺完成后几集的编绘工作。他在信中说："务乞仁者垂念朽人殷诚之愿力，而尽力辅助，必期其能圆满成就，感激无量。"但后来他委托的朋友也相继过世。不可让这画集就此没落，这样，《护生画集》的创作使命就落到了丰子恺一个人身上。丰子恺牢记恩师嘱咐，决心把《护生画集》继续画下去。

就在弘一法师七十岁诞辰来临之际，丰子恺独自来到泉州，拜谒了弘一法师的圆寂住所。在迎接的人里，有个沙弥给了他一件弘一法师的遗物，丰子恺焦急万分，想尽快看个究竟，没想到一看，竟是自己写给老师的那封“世寿所许，定当遵嘱”的信。丰子恺感念恩师，眼看七十诞辰在即，他立马决定在当地租房，闭门谢客，用三个月的时间把画作赶出来。

苦心人，天不负，丰子恺在此间完成了《护生画集》第三集的七十幅画稿，此时离弘一法师圆寂已经有七个年头了。为了能和之前两集画册的形式相同，丰子恺一时苦于无人能够替画稿配写诗文。几经辗转，才将画稿送往香港，请精通佛学的叶恭绰先生配写。

新中国成立后，丰子恺受邀出任上海中国画院院长，即使公务繁忙，丰子恺依然在繁忙之余开始《护生画集》第四集的绘制，并请朱幼兰居士题字后寄交广洽法师在新加坡出版。

到了弘一法师的九十岁诞辰，丰子恺已提前完成了九十幅画作，这一集由虞愚居士配文。有人说这是天遂人愿，只有丰子恺知道，有弘一法师的遗愿加持，一切都会是往好的方面发展的。

无论遭遇什么身心上的折磨，乐观的丰子恺都会一直瞒着家人，报喜不报忧。直到有一年冬天刚下过大雪，女儿丰一吟去给他送御寒的衣服，看到父亲孤独地站在寒风飕飕的田野里，胸前挂着一个蛇皮袋，正在一点点地摘棉花，全身冻得直发抖。之后，在女儿的一再要求下，丰子恺才带着女儿去了自己的住处，女儿在那个破旧的牛棚草屋里，清楚地看到父亲的枕头边还有一堆没融化的积雪。后来因为环境的恶劣和非人的折磨，患上严重肺炎的丰子恺被允许回家养病，此时的他已经是七十六岁的古稀老人了。

回到家中的丰子恺并没有按照医生的要求好好休息，积极配合治疗，相反，他甚至偷偷扔掉医生开的药，因为这样他的病好不了，就可以继续留在家里、继续作画了。他每天凌晨4点就起床，开始着手画《护生画集》的第六集，此时与恩师约定的最后一集还有六年时间，但丰子恺似乎隐约感觉到自己将不久于人世，所以才拼命画的吧。

儿女们怕他累坏身体，也担心有人随时来家里搜查，就把他的笔和纸都藏起来了，丰子恺就向他们哀求道："你们这是要我的老命呀，快还给我吧。"

1973年，丰子恺终于画完了《护生画集》第六集的一百幅画，秘密委托给朱幼兰居士保管。

1975年，丰子恺与世长辞，未能见到六集《护生画集》全部出版。

1978年，与丰子恺失去联系多年的广洽法师来到上海，本以为《护生画集》的第六集会遗憾缺失，却没想到丰子恺早已将第六集暗自完成，而丰子恺已去世三年了。

广洽法师跪在丰子恺灵前，老泪纵横，为丰子恺超度祷告，深念故人。随后，广洽法师将第六集的画稿和诗文带到了新加坡出版。这时丰子恺信守了半个世纪的约定，如愿以偿。

在这半个世纪的时间里，人生几经沉浮，世事几度沧桑，但丰子恺始终信守诺言，践行了对恩师"世寿所许，定当遵嘱"的承诺。

他把一件事，就这么做了一辈子。

"一片片的落英，都含蓄着人间的情味。"这是俞平伯对丰子恺的评价。

在女儿的回忆里，丰子恺不仅教他们平等待人，还教他们爱世间的一切生命，小至蚂蚁，"本来我踩死一只蚂蚁不当一回事，有一回被他看见了，他连忙阻止我，说：‘蚂蚁也有家，也有爸爸妈妈在等它。你踩死了它，它爸爸妈妈要哭了。’”

此后，孩子们碰到蚂蚁搬家，不但不去伤害它们，还用一些小凳子放在蚂蚁搬家的路上。孩子们像交通警察那样劝请行人绕道行走。长大后孩子们才知道这叫作“护生”。丰子恺是佛教徒，但他和一般的佛教徒有点不一样。

他劝孩子们不要踩死蚂蚁，不是为了讲什么“积德”“报应”，也不是为了要保护世间的蚂蚁，而是为了培养孩子从小就有一颗善良的心。他说，如果丧失了这颗心，今天可以一脚踩死数百只蚂蚁，将来这颗心发展起来，便会变成侵略者，去虐杀无辜的老百姓。

这样的人情味，在他的画里，比比皆是，红绿相映。作家安·兰德在《源泉》里写过一句话：“像个大人一样生存，像个孩子一样生活。”丰老的画作便传达着这样的理念：人要像小孩一样，怀有一颗善良纯真之心，看待世间万物，才会懂得那些小事的真正趣味，才能看到更多生活的美。

YONG GUDU HE
SHIJIE DUI TAN

张爱玲■

爱 就是

不问值得 不值得

文 / 林饱饱

生　平：张爱玲（1920—1995），原名张煐，祖籍河北，生于上海。

十九岁，发表《天才梦》。

二十三岁，凭《沉香屑：第一炉香》正式进入文坛。

《封锁》《倾城之恋》《金锁记》等陆续发表。

因《封锁》认识胡兰成。

二十四岁，与胡兰成结婚。

二十七岁，发表剧本《太太万岁》。

三十岁，发表长篇小说《十八春》。

三十五岁，移居美国，后与美国左翼作家赖雅相恋结婚。

三十七岁，夏志清充分肯定张爱玲的文学史地位。

五十八岁，发表《色·戒》。

七十五岁逝于洛杉矶。

代表作：《倾城之恋》《金锁记》等。

名　言：男人彻底懂得一个女人之后，是不会爱她的。

推荐语：作为二十世纪中国最会写情话、最懂男人的女作家，却始终没有套牢男人。知世故而不世故，懂套路而不套路，如果爱就不问值得不值得。这样任性又苍凉，很张爱玲。

引子

说起张爱玲，想必大家不会陌生。

她是天才少女，十九岁就写出《天才梦》，说出：**“生命是一袭华丽的袍，爬满了蚤子。”**

她二十三岁没谈过恋爱，就写出旷世爱情传奇《倾城之恋》。

她一生没当母亲，却塑造出《金锁记》中血肉丰满、可憎又可怜的典型恶母曹七巧。

她二十四岁出版小说集《传奇》，很不谦虚地说：**“出名要趁早，来得太晚的话，快乐也不那么痛快。”**

（一）恨不得扒开棺材，赶上他们的盛世

天才不是凭空而来，才华藏着基因的秘密。张爱玲出身名门，祖父张佩纶是清末名臣，祖母李菊藕是朝廷重臣李鸿章的女儿。

但到第二代就大不如前，父亲张志沂有深厚的古典文学修养，却是个成天赖在躺椅上抽大烟的遗少；母亲黄逸梵是有文化的新式女性，但在爱玲很小的时候她就抛儿弃女去留洋，在爱玲十岁时她就离婚，过上打麻将、泡靓仔的生活。

父母亲在事业上没有上一代那么辉煌，家庭也没有维系好。难怪张爱玲听说祖辈的辉煌时，不甘心得牙痒痒：**“恨不得早点出生，扒开棺材，赶上他们的盛世。”**

（二）出名要趁早，这样爱情才会循声而来

没有赶上家族盛世，张爱玲却隔代遗传了祖上的优秀基因。

十二岁，在从不刊发小说的《凤藻》上发表了短篇小说《不幸的她》。

十三岁，发表第一篇散文《迟暮》。

十七岁，发表小说《霸王别姬》。

二十三岁，在当时顶尖的报刊《紫罗兰》上，发表小说《沉香屑·第一炉香》，一举成名。那一年，张爱玲写出了《沉香屑·第二炉香》《倾城之恋》《心经》《谈女人》，还有《封锁》。

如花的岁月，她宅在房里写，躲在金丝眼镜后写，想把基因里的才华逼出来。一心想成名的她没有想到，爱情会随着文章循声走来。

一天，她写完文章，发现门缝里塞了张字条。来人说看了《封锁》，忍不住要拜见作者，并留下电话，落款：胡兰成。

一开始张爱玲是拒绝的，她天性害怕跟人打交道，但缘分就是这么奇妙，隔天她还是好奇地联系了胡兰成。

胡兰成再登门时，第一句话就说：**“没想到你是个女人。”**第二句话就说：“你怎么可以生得这么高？”

质问得莫名其妙，又暧昧得合情合理。**张爱玲当然知道他这是在打量她，于是害羞地低着头，他却滔滔不绝地分享了一下午的读后感。**

第二天下午，胡兰成还来。

第三天下午，胡兰成还来。

第四天下午，胡兰成还来。

不用问了，张爱玲恋爱了。

（三）最恨天才女人早结婚，也有例外

张爱玲非常古怪，没谈恋爱时像看破红尘的老人，写了一大堆痴男怨女的恋爱心理：

“恋爱着的男子向来是喜欢说，恋爱着的女人向来是喜欢听。恋爱着的女人破例地不大爱说话，因为下意识地她知道：男人彻底地懂得了一个女人之后，是不会爱她的。”

“一般的男人，喜欢把女人教坏了，又喜欢去感化坏女人，使她变为好女人。”

但谈了恋爱后，她却蜕化成一个痴痴的小女孩。明知胡兰成有两妻一妾，张爱玲介意，但还是抵不住爱他。明知胡兰成三十八岁，大自己十五岁，又在汪精卫手下办事，论情场经历和手腕都不会少，但张爱玲还是毫无保留地爱他。

明知胡兰成对女人没个定性，没了新鲜感就换新的，她定情时还是选了自己最好看的照片给胡兰成，在照片背面直接告白：**“当她见到他，她变得很低很低，低到尘埃里，但心是欢喜的，从尘埃里开出花来。”**

胡兰成夸她穿那双粉色金丝绒鞋好看，她关上房门，穿好，等他来。胡兰成给她买一件貂皮大衣，她高兴得要写篇文章来晒幸福：**“花着他的钱，心里是欢喜的。”**

张爱玲曾说：“最恨天才女人太早结婚。”可是遇到胡兰成

之后，她似乎忘了自己写过这些。1943年11月，胡兰成登门拜访。1944年8月，胡、张二人登报公示结婚："胡兰成张爱玲签订终身，结为夫妇，愿使岁月静好，现世安稳。"张爱玲拟前两句，胡兰成补后两句。

（四）现实版倾城之恋：城还没倾，男主角就逃跑了

"张迷"骂胡兰成渣，其实是有道理的。

1945年初，他们结婚不过四个月，汪精卫一脉出了问题，胡兰成自己逃难到武汉，不顾张爱玲在上海被人骂为汉奸妻。

这还不算完，胡兰成到武汉不到一个月，就勾搭上护士小周，毫不避讳地写信给张爱玲："我爱上了别人……"张爱玲万念俱灰，胡兰成完全不在乎。

1946年，胡兰成带着小周逃到温州，张爱玲跑到温州找他，要他在自己和小周之间做出选择，胡兰成死活不肯。

张爱玲质问他："你与我结婚时，登报写'现世安稳'，你现在哪里给我安稳？"

胡兰成理直气壮地回答："我待你，天上地下，无有得比较。若选择，不但于你是委屈，亦对不起小周。人世迢迢如岁月，但是无嫌猜，安不上取舍的话。"

说得多么好听，你们谁都是我的至爱，舍不得放弃任何一个。

张爱玲认识胡兰成之前，就写出广为人称道的爱情小说《倾城之恋》。小说以日军侵占香港为背景，香港的倾覆成全了失婚女白流苏与钻石王老五范柳原的爱恋。

范、白两人原本没有确定关系，一直在相互较量，白流苏没那么爱范柳原，但要一份现世安稳的关系；范柳原喜欢白流苏，但跟

胡兰成一样，还留恋外面那些莺莺燕燕。

香港沦陷当天，范柳原从外地返回香港别墅，救出差点被炸弹击中的白流苏，两人默契地放下心里那点小九九，终于走到了一起。

张爱玲总结：“不过是一个自私的男子，她不过是一个自私的女人。在这兵荒马乱的时候，个人主义是无处容身的，可是总有地方容得下一对平凡的夫妻……香港的陷落成全了她。但是在这不可理喻的世界里，谁知道什么是因，什么是果？谁知道呢？也许就因为要成全她，一个大都市倾覆了。”

白流苏、范柳原的故事，跟张爱玲、胡兰成的实在太像，只不过，还没谈恋爱的张爱玲大发慈悲，不惜倾覆一座城池，成全白流苏做富太太的梦想。胡兰成对张爱玲太薄情，没有给她现世安稳，却给了她汉奸妻的骂名，还惹出一片野花野草。

（五）当手镯给情敌打胎

之所以说是一片野花野草，自然不只有小周。到底有多少，只有胡兰成心里知道。胡兰成自己承认的，在温州还有范秀美。

张爱玲去温州找胡兰成和小周谈判时，就发现了范秀美，但范秀美是胡兰成同窗父亲的姨太太，张爱玲应该也没想到他们已经有了夫妻之实。

张爱玲擅长画画，看到范秀美长得漂亮，还帮她画像，但刚勾画出脸庞、描出眉眼和鼻子，就停笔不画了。这样古怪，搞得范秀美尴尬又心虚。

范秀美走后，胡兰成问张爱玲原因，张爱玲红着眼说：“我画着画着，只觉得她的神情、她的嘴，越来越像你，心里好不震动，一阵难受就再也画不下去了。”

敏感如张爱玲，应该是画出了醋意，只是没有胡兰成出轨范秀美的证据。

“因为懂得，所以慈悲。”是张爱玲写给胡兰成的情话，她也是这么做的。看他正在逃难，纵使受不了他劈腿，也没有落井下石跟他离婚。

但几个月后，胡兰成的侄女青云带着范秀美到上海来找张爱玲，范秀美指着微隆的小腹说：“我有了，孩子是他的，没钱打胎，他说找你，你一定会帮忙。”

范秀美边说，青云边把胡兰成的字条递给张爱玲。张爱玲接过字条，没有半点犹豫，回屋拿出一个金镯子说：“当掉，换钱，快去医院处理。”

当时张爱玲手头没钱，如果有钱，拿的应该是现金而不是金饰。张爱玲在《对照记》中提到她唯一的金饰，是一副五六岁时戴过的包金小藤镯，很珍贵，应该就是当了给情敌打胎的那个。

（六）劈腿张爱玲闺密

张爱玲前半生有两个最好的闺密，一个是活泼性感的炎樱，一个是作家苏青。

胡兰成跟炎樱有没有什么谁都不知道，但他夸张爱玲是“临水照花人”，同时夸炎樱是个性感尤物。

胡兰成跟张爱玲在一起时，真的跟苏青有过点什么。两人上床之前，苏青还问他：“你有没有性病？”胡兰成反撩她：“你呢？”

这些事情，张爱玲都知道，但她为什么能睁一只眼闭一只眼？《小团圆》里明明白白地写着：**没有办法，暂时找不到更好的，只能任由他这样胡来。**

（七）用30万分手费，从此互不相欠

张爱玲隐忍到1947年，待胡兰成已经完全脱离险境，才寄了一封分手信给他：

"我已经不喜欢你了，你是早已经不喜欢我的了，这次的决心，是我经过一年半的长时间考虑的，彼唯时以小吉（小劫）故，不愿增加你的困难，你不要来寻我，即或写信来我亦是不看的了。"

随信还附了30万元钱，作为分手费，那是她新写的电视剧本《不了情》《太太万岁》的稿费。

很多张迷为此愤愤不平：这种渣男还要给他30万分手费，张爱玲真是痴情到尘埃里去了！早年我也曾这样不解，后来反复读她的自传体小说《小团圆》，总算厘清个中原因。

张爱玲这笔钱，与其说是给胡兰成，不如说是还给胡兰成。两人刚认识时，张爱玲住在母亲家，跟母亲因为钱闹得很不愉快。张爱玲读书的钱是问母亲借的，胡兰成听说了这件事，一箱子钱一箱子钱往张家提，让她还给母亲。

张爱玲的金钱观是：爱一个人，才愿意花他的钱。**情到深处，纵使自己有钱，但花胡兰成一点钱，张爱玲总是心里甜。但当他变心了，她也不爱他了，便要和他清算得干干净净，从此张是张，胡是胡，没半点牵扯。这才是大女人张爱玲。**

（八）露水情缘：曾毫无指望地爱过桑弧

能还胡兰成那30万，要感谢导演桑弧，他介绍剧本给张爱玲写。

不少张迷知道：桑弧追过张爱玲，还请媒人来牵线，但媒人刚开口，张爱玲就摇头，硬是把媒人逼退。张爱玲为什么摇头？没忘了胡兰成？还是不喜欢桑弧？

其实未然，张爱玲不仅爱过桑弧，还跟他有过一段性关系。张爱玲的自述性小说《小团圆》里的“我曾经毫无指望地爱着你”“宁愿天天下雨，好以为你是因为下雨才不来”都是为桑弧而写。

她没跟桑弧公开在一起，一半是因为尊严，一半是因为桑弧的家人反对。

而张爱玲跟桑弧有过一段，一是因为桑弧长得帅，二是找补初恋的感觉。胡兰成大她太多，不符合她对初恋的设定。桑弧大她一点点，浓眉大眼，长得像一个帅师兄。

但他们不是很合拍，**一是精神上他们不是很契合**。桑弧会问张爱玲：“你觉得你是好人还是坏人？”问题这么直白，当时张爱玲刚摆脱汉奸妻的身份，他这么问还是有点担心张的政治倾向。

但这一问，格调显然就输给胡兰成了，胡兰成懂张爱玲的自由主义，桑弧显然不懂。

张爱玲回答：“好人。”桑弧脸上浮出了满意的微笑，张爱玲眉间顿时就有了尴尬。

二是张爱玲在他面前，对自己的容貌没信心。《小团圆》里写张爱玲跟桑弧去看电影，二十八岁的她，为了取悦这个漂亮男人，第一次搽粉，可他竟然在电影院昏暗的灯光下，还能指出张爱玲眼距、鼻梁处漏搽了粉。紧张如张爱玲，看完电影脸出油都怕被他发现。

同样的事情也发生在胡兰成身上过，胡兰成却两眼发光地惊叹道："爱玲，你脸上有神光！"张爱玲害羞地说："我搽了护肤霜。"在撩妹这方面，桑弧与胡兰成，如何是一个段位?

张爱玲从小缺乏父爱母爱，家庭背景复杂，需要很多很多的懂得，以及大量大量的存在感，桑弧给不了。

纵使这样，张爱玲还是跟他缠绵了好几个月，足见张爱玲是个十足的颜控。后来张爱玲停经，以为是怀孕，只得告诉桑弧。桑弧为她找来医生一查，不是怀孕，而是"子宫颈折断"（疑为宫颈糜烂）。张爱玲心知肚明，是跟胡兰成在一起时折腾坏了。敏感如张爱玲，怕桑弧会嫌她是残花败柳，但医生是他找的，瞒也瞒不住。

自此之后两人自动归位到合作伙伴，这位漂亮男人以迅雷不及掩耳之势娶了一位年轻漂亮的太太，想来张爱玲心里不是滋味，所以在《小团圆》里有些丑化他的太太。

（九）嫁个美国"爸爸"

张爱玲的爱情，总是跟文学有关。胡兰成、桑弧是这样，赖雅也是。

1955年，张爱玲离开香港来到美国。很快，在美国的麦克道威尔文艺营中认识了赖雅。六十四岁的赖雅，高个子、高鼻子、老帅哥。三十五岁的张爱玲，则是闯入西方的古典传奇女子。他们在文学的世界里有了共鸣，不到半年，就想走入婚姻。

当然也没有那么罗曼蒂克，是张爱玲怀孕，赖雅顺势求婚。这两人认识时间不长，默契却很深：结婚可以，孩子不要。张爱玲是因为童年阴影，天然恐婴；赖雅是因为有一个女儿，而且他很穷，还有他当时没有告诉张爱玲的另一个原因——他曾多次中风。

张爱玲的爱情总是这样，每一段都是奔着结婚去的，每一段都发展神速，从认识到确认关系，不超过一年，像烟花般绚烂，精神和肉体的火花都来得快，去得快。

跟赖雅在一起时，他都那么老了，张爱玲以为终于可以过上现世安稳的日子。赖雅很包容张爱玲，给张爱玲提供很多英文写作的帮助。但婚后不过两个月赖雅就中风，反反复复发病。张爱玲不得不挑起生活的重担，不停地接商业剧本，挣钱为他养病。

他们十一年的婚姻，更像女儿为父亲善终。

（十）一生都在寻求懂得

张爱玲的后半生太闲了。说她太闲，是因为她那么着急出名的人，二十三岁第一篇小说横空出世就一举成名，竟然从三十一岁去香港以后，就没出什么好作品。

后来在美国，赖雅死时，张爱玲不过四十七岁，无夫无子，没再嫁人。之后那三十年她在干什么？她继续写文章，但不过是炒冷饭。

《半生缘》炒《十八春》的冷饭。写了三十年的《色·戒》，炒的是她和胡兰成的往事。

自传体系列小说《小团圆》《雷峰塔》《易经》《少帅》，写来写去，无外乎怀念母亲和胡兰成。而桑弧、赖雅，在张爱玲千回百转之后，并没有留下什么印记。

早年我一直在想，胡兰成这么渣，凭什么成为张爱玲一生的结？若说是懂得，胡兰成之后，还有人懂张爱玲至深。

著名学者夏志清，他比张爱玲小一岁，是第一位把张爱玲纳入严肃文学史的学者，甚至把她的文学史地位推于鲁迅之上，认为她的文学才华无人能比。

夏志清跟张爱玲长达数十年保持通信，跟她谈文学、谈爱情，关心她的身体健康问题。坊间流传夏志清暗恋张爱玲，所以对张爱玲的旧情人都醋意满满。但张爱玲对夏志清一辈子克制，只谈创作与学术，其他一概冷漠。

胡兰成究竟有什么妖媚之术，让张爱玲终生怀念？后来读到《小团圆》，我算是明白了，**胡兰成除了欣赏张爱玲的才华，还极致地开发她作为一个女人的愉悦**。

附上《小团圆》原文：

片段一：

晚饭后她洗完了碗回到客室的时候，他迎上来吻她，她直溜下去跪在他跟前抱著他的腿，脸贴在他腿上。他有点窘，笑著双手拉她起来，就势把她高举在空中，笑道："崇拜自己的老婆——"

片段二：

他眼睛里闪着兴奋的光，像鱼摆尾一样在她里面荡漾了一下，望着她一笑。

他忽然退出，爬到脚头去。

"嗳，你在做什么？"她恐惧地笑着问。他的头发拂在她大腿上，毛毵毵的不知道什么野兽的头。

兽在幽暗的岩洞里的一线黄泉就饮，泊泊地用舌头卷起来。她是洞口倒挂着的蝙蝠，深山里藏匿的遗民，被侵犯了，被发现了，无助，无告的，有只动物在小口小口地啜着她的核心。暴露的恐怖糅合在难忍的愿望里：要他回来，马上回来——回到她的怀抱里，回到她眼底——

张爱玲最赤裸的性爱描写，不是《色·戒》，而是《小团圆》，不是写王佳芝与易先生，而是影射自己与胡兰成。

李安在这一点上是懂张爱玲的，张爱玲想写而没有写的那些场面，李安都让汤唯和梁朝伟做了。

“到女人心里的路通过阴道。”这是张爱玲在《色·戒》中引用别人的，同样映衬她的人生观和情爱观。

张爱玲一生都在寻求懂得，她最需要怎样的懂得呢？首先要对方欣赏她的美，其次才要对方欣赏她的才华。

张爱玲七十四岁时，获台北《中国时报》第十七届时报文学特别成就奖，她特意戴上假发，涂上大红唇，戴上隐形眼镜，跑到照相馆拍照，再登报。这个行为极具象征性：到老了还要美，拿奖也要美。

这一点，只有胡兰成解她的风情，满足她做女人的自恋、虚荣和快乐。夏志清理解的张爱玲，只是文学，只是精神；赖雅给她的只是如父如夫的爱护；而桑弧只是一个养眼和解渴的小哥哥。

（十一）再也回不去了

要说张爱玲在哪部作品里心弦一松，吐露心扉，当数她人到中年写的《半生缘》。

这部作品里有两句话泄露天机，开篇说：“日子过得真快，对于中年以后的人来讲，十年八年好像是指缝间的事，可是对于年轻人来说，三年五年就可以是一生一世。”

结尾说："我们再也回不去了。"

她这么怀念胡兰成，也许是因为认识他时正当年，从跟他认识到分开，她二十四岁到二十七岁，与她的文学创作黄金期二十二岁到三十一岁刚好重叠。那时候真好，把文章写好，就有人从门缝塞字条，聊文学还能谈恋爱。后来也写文章，但没有这样的缘分，聊文学的只适合聊文学。

再也回不去了。

YONG GUDU HE
SHIJIE DUI TAN

梅兰芳

穿越时光的芳华

文 / 师岑

生　平：梅兰芳（1894—1961），祖籍江苏泰州，生于北京，中国京剧表演艺术大师。八岁学戏，九岁拜吴菱仙为师学青衣，十岁登台。后又求教于秦稚芬和胡二庚学花旦。二十一岁起排戏，《宦海潮》《牢狱鸳鸯》《思凡》等十一出戏陆续登台。五十岁先后赴日本、美国、苏联演出，荣获美国波莫纳学院和南加州大学的荣誉文学博士学位。五十九岁任中国戏剧家协会副主席。1961年8月8日在北京病逝，享年六十七岁。

代表作：《贵妃醉酒》《天女散花》等。

名　言：也许你其实一直都是个凡人！

推荐语：梅兰芳以五十多年的舞台经验，推动京剧旦角的演唱表演艺术。他开创的“梅派”表演方式，实力征服戏剧舞台，影响了一代又一代的表演者。

（一）他从小吃苦，天资不行却成大材

电影《霸王别姬》里头，戏班里的小赖子去看大腕儿唱戏，看得泪流满面，他哭着说：**“他们怎么成的角儿，得挨多少打啊！”**京戏讲究童子功，能唱成的，大半有个不太快乐的童年。

很多人讲大师童年喜欢美化甚至神化，好像大师一出生就自带光环。**但梅兰芳并不是天资聪颖的小孩，他小时候甚至有点笨，有点痴，也不爱练戏。**

梅兰芳的祖父是大名鼎鼎的“同光十三绝”之一的梅巧玲，京戏传到梅兰芳父亲这一代时，梅兰芳父亲英年早逝，留下年仅四岁的梅兰芳。来教他戏的朱先生，觉得梅兰芳双眼呆滞无神，脑袋瓜子也笨得很，简直不像梨园世家的子孙。“朽木不可雕也！”朱先生一气之下拂袖而去，不教了。

梅兰芳也乐得不唱戏，他连私塾都不想去，天天逃课玩，家里没有长辈管教，反而是老生大师杨小楼（《霸王别姬》里头段小楼的原型）有一回瞧见了，把梅兰芳给揍了一顿：“我让你不好好上课！怎么对得起你死去的父亲！”

所幸祖父梅巧玲的朋友吴菱仙老先生不嫌弃，把梅兰芳收了当徒弟。从此每天清晨，东方才发白，梅兰芳就要起床、出门，边遛弯边练习吊嗓子，“咿”“啊”两个音反反复复，从低到高不断地唱。

不管天气冷热，每天早上都要这么练，从不间断，这叫“夏练

三伏、冬练三九”，天气越恶劣，练习越有效果。

除了吊嗓子，还要学唱腔，先把唱词背熟，之后师父就会教唱。吴老先生手里拿着一摞铜钱，桌上放一个盒子：“来，唱一段！”

小梅兰芳就“咿咿呀呀”开始唱。一段唱完，吴老先生觉得行，就拿起一枚铜钱放进盒子里，“哐”的一声。

“再唱一遍！”梅兰芳又“咿咿呀呀”唱，每唱一遍，过得去呢就可以放一枚铜钱，唱得不行，就不放了。

眼巴巴地盼着十枚铜钱终于放完了，梅兰芳以为可以过关了，没想到吴老先生把盒子拿起来，把铜钱全倒了出来。

“好，接着唱！”铜钱又要从头放了。

就这么反复几十遍，一段唱腔才算过，可以唱下一段。

小孩子做这么枯燥的重复练习，当然无聊得受不了，梅兰芳唱着唱着就走神，甚至还打起瞌睡来，小身子一晃一晃的。

吴老先生也不拿戒尺打人，只是轻轻推一推梅兰芳。他一个激灵醒来，又“咿咿呀呀”接着唱。

京戏四功，唱念做打。口头、身段两手抓，能听又能看，才能成角儿成腕儿。

于是梅兰芳开始练眼神、身段。

梅兰芳有点近视，因此眼神呆滞无光。为了练出旦角该有的或锐利或哀婉的眼神，梅兰芳养了一群鸽子。

每天清晨吊完嗓子，就放飞几只鸽子，拼命集中目力盯着鸽子飞，鸽子飞到哪儿他就盯到哪儿，盯得眼泪不住地流都不肯放松。如此天长日久，才能练出足够有力的双眸。

而身段与动作也要苦练。梅兰芳的姑父找来一张长凳，上置一块砖头，让梅兰芳站上去，坚持一炷香的时间，这是练习踩跷功。

小梅兰芳站在上面，重心不稳、摇摇晃晃，拼命稳住了又开始头晕、恶心。一不小心掉下来，就要挨打。

一炷香又一炷香，小梅兰芳踩跷踩到小腿抽筋、头昏目眩，还是要咬牙坚持。这种近乎虐待的训练让小梅兰芳心里很反感，他觉得这根本就不是他一个小孩应该承受的嘛！

可多年以后，梅兰芳却说：**“我很感谢我小时候受过的这些苦，我如今年近六十还能唱能做，就是因为自小打下的基础。”**

梅兰芳比的脸符合东方人的骨相，施以妆容后美艳惊人，虞姬、杨贵妃在他身上复生。但真正让梅兰芳成功的，是努力，而不是颜值。

（二）他有戏德，台上台下皆君子

以前，戏班子里的学徒都是仆人一样的存在，打小受欺负，要熬到成角儿成腕儿才能扬眉吐气。因此，戏班有句话叫“脾气随着能耐长”，旧戏班子的大腕儿，通常都是心高气傲、端着架子。

电影《霸王别姬》里段小楼、程蝶衣成名前，戏班子的老板那爷可以对他们吹胡子瞪眼。他俩成名后，那爷就得点头哈腰、跟前听使唤了。

但梅兰芳并非如此。昆曲大师俞振飞先生和梅兰芳有多年的交情，他曾经说：**“每进后台就向‘龙套’演员鞠躬问好的‘名角儿’，在当时也只有梅兰芳一人了。”**

有一次梅兰芳演《贵妃醉酒》，管服装的工作人员却漏了一个重要道具没带——贵妃手中的扇子。眼看着戏马上要开始，工作人员急得直冒汗，梅兰芳却不慌，随手借了剧团另一位同志的一把普通扇子，拿着就登台了。扇子样式完全变了，也重了许多，做起动作来很容易失误，梅兰芳硬是凭他的实力应付下来。演出结束之后，他也没有追究，反倒是那位管服装的人，再也不敢疏忽了。

《贵妃醉酒》中有一场，杨贵妃要下场换服装，台上是高力士和裴力士在摆花设筵，就等着贵妃上台。以前一些有习气的腕儿，碰到这段就会在场下多休息一会儿，拖到不能再拖了才肯换装上台。但梅兰芳每次演，都是匆匆忙忙换好装，提前在场边等着上台。就这个细节，和他搭档多次的萧长华老先生念叨了很多年，一直赞叹不已。

有些戏，大腕儿们总是喜欢互相抬杠，要压过对方一头以彰显自己的江湖地位。梅兰芳从来不这么做。

有一次和武生大师盖叫天合作一场三国戏，他演孙尚香，盖叫天跟他说："梅先生，我演的赵云是梆子派的，戏路跟您很不同。"原本按梅兰芳当时的声望，完全可以要求按自己的戏路来演，但他笑着说："行，就按着您的路子来。"说完还跟盖叫天走了一趟，让他放心。戏一上，懂行的人看见了，都暗地里称赞梅兰芳有大气度。

梅兰芳和小辈合作演戏，从来不摆架子，相反，总是很照顾小辈。

有一次和小辈搭档演《御碑亭》，两个角色在剧中有一段相同的唱词。结果排练的时候，两人发现唱词不一样。那位小辈演员十分紧张，梅兰芳哈哈一笑，拍拍她的肩膀说："没关系，就按你的词来，我记住就好了。"原来梅兰芳怕对方舞台经验少，还要记住新词，上台一紧张容易忘。

还有一次演《龙凤呈祥》，同台有一位小演员演一名太监，整场只有一句词："太后有旨，请郡主前去拜堂。"结果那位小演员特别紧张，一上场就念错了词：“太后有旨，请娘娘前去拜堂。”台下哄然大笑，郡主孙尚香还没拜堂呢，怎么就成娘娘了？

演出结束后，小演员又羞又愧，躲在角落里哭。

梅兰芳找到他，依然一脸笑容，说：“别哭啦，下次小太监还是你来演，跑不了的，放心吧！再演就不会念错了。”一句话说得小演员脸上雨过天晴。

梅兰芳是勤奋的戏子，更是风度翩翩的君子。他从纯厚的修养中绽放出的巨大人格魅力，让人心生爱意与敬意。

（三）他有气节，宁死不给日本人唱戏

梅兰芳“蓄须明志”的故事很多人都知道，但恐怕大家不知道的是，这四个字看起来轻巧，背后要付出多大的代价！

抗日战争时期，沦陷区的戏曲界有规矩：唱戏时观众有日本人没关系，甚至可以给日本人唱戏，但是有底线的，比如日本人要是办一个跟“大东亚共荣圈”有关的演出，那就万万不能去。

唱戏的也要吃饭，那时候迫于无奈，给日本人唱戏也不能算汉奸的。

可梅兰芳就不。他的底线比所有人都高：绝对不给日本人唱戏，无论什么场合、什么原因！

上海沦陷了，他携家带口去到香港。后来香港也沦陷了，他只好干脆闭门不出，拒绝所有演出。日本军队上门来清查户籍，一看名字：“你就是梅兰芳？”

梅兰芳答：“正是。”

那士兵笑笑：“我看过您的戏，那时候我还是小孩子呢。”

原来，二十年前，梅兰芳曾经应邀到日本巡演，也因此得了

一大批日本的狂热粉丝，如今这些热爱京剧的日本人，竟拿起刀枪杀到中国来了。以梅兰芳的国际影响力，如果他能给日本人唱戏，日本能从中得到多少舆论上的好处！国宝级艺术大师亲自为日本站台，这样的新闻放出去，对中国人又将造成多大的心理打击！

日本军开始源源不断地派人上门请梅兰芳出山唱戏。梅兰芳为此做的，可不只是留胡子这么简单。他说自己来香港是为养病，因此衣服从来不穿戴整齐，胡子留长也不修剪，甚至不洗澡、不吃饭，把自己活生生弄成个病恹恹的邋遢形象。

有一次实在被逼得没办法，梅兰芳找人买了三支伤寒预防针，给自己打下去，结果发了42度高烧，冒着生命危险，才吓退了上门的日本人。

那可是一颦一笑倾国倾城的梅兰芳啊！为了坚持气节，不惜把自己折磨得面容枯槁、声弱无力，见之者，谁人不心疼梅郎，不恨天杀的日本鬼子！

外表是一回事，对梅兰芳来说，更难忍受的是事业荒废。他的影响力太大了，以至于他在抗日战争八年间，一句戏也不敢唱。

有人问他：“您平时还吊嗓子吗？”

梅兰芳无奈苦笑道：“我哪敢吊嗓子！这四邻住着这么多人家，我这些年都跟外头说，嗓子坏了唱不了。**要是吊个嗓子，人家准说，啊呀梅兰芳在吊嗓子了，梅兰芳又要开始唱戏了！**”以唱戏为生命的梅兰芳，就这样整整八年，不曾开过一句口。

抗日战争胜利的那天，作家柯灵去看望梅兰芳，梅兰芳指着屋子说：“人家都以为我很有钱，才能不唱戏，其实我哪里有钱！这八年，都是靠变卖屋子里的东西过活的。”柯灵说：“如今赶跑了日本鬼子，全国人民可都在盼着您出山登台哪！”梅兰芳大笑：“要的，我要唱的！哪怕一次也行，不然我这八年的咬牙就没意思了！”

（四）他敬业勤奋，一辈子未曾松懈

梅兰芳是著名的“常青树”——八年没唱戏，一上台，依然神采奕奕、功底十足，令人击节赞叹；舞台生涯长达四十多年，晚年的唱功、打功并没有很大程度褪色。**这都得益于他平时生活的勤奋、谨慎和克制**。

在被困香港的日子里，戏唱不得，梅兰芳为了锻炼身体，每天起床就打两套太极拳，每个星期都会和家人朋友打羽毛球，通过体育运动来保持身体的健康。

《霸王别姬》里有虞姬舞剑的片段，台上道具当然都是木剑，但梅兰芳平时自己练时都拿实打实的钢剑，借此提高自己的力量。

画家丰子恺是梅兰芳的忠实戏迷，**他曾经赞叹梅兰芳的样貌和身材，是东方的维纳斯女神，堪称典范**。

这当然是艰苦锻炼得来的了。

为了保养嗓子，梅兰芳从来不喝酒，偶尔吸烟，也要把烟吐出来而不吞下去。他每顿饭的量都有所控制，不能吃得过饱，以免发胖；不能吃太过油腻、香辣的食物，以免嗓子沙哑。

生活上的谨慎克制，还要加上艺术上的不懈追求。梅兰芳刚开始演《穆柯寨》里的穆桂英时，由于没有扎过靠旗，身体力量不足，时不时会不自觉地低头。

来看戏的朋友告诉他，穆桂英低了头就不够英姿飒爽了。于是梅兰芳拜托朋友，再来看时，发现他一低头，就轻轻拍掌作为提醒。如此，朋友一拍掌他就注意自己的身段，演下来三四场，自然就克服了这个毛病。

有一次，梅兰芳在演出经典剧目《凤还巢》时，唱到“遵父命在帘内偷觑才郎”一段时，竟少唱了一句，而且多加了几个羞涩的眼神。

剧团的其他人都以为这是大师为了增强人物娇羞的一面而即兴改动，演出结束后也向梅兰芳祝贺他改动得妙。没想到梅兰芳却说：“对不起，这是我一时出神才失误漏了一句，没办法才多加了动作掩饰一下。我对不起观众，应该做检讨。”如果不是梅兰芳坦诚相告，根本没有人看得出来这是个失误。但他身为大师，却不肯在一处小小失误上放过自己。

（五）他薄情，卿本佳人奈何负心

1926年，梅兰芳和孟小冬相遇了，展开了一段令人扼腕叹息的故事。

孟小冬时年十八岁，小小年纪却已经是名震京城的“冬皇”。梅兰芳则早已是国内旦角的王者。两人同在北京一位政要的生日堂会上演出，有人提议：一位是冬皇，一位是旦后，自然应该合唱一出《游龙戏凤》。

眼看着已经没时间排练了，众人征求梅、孟二人的意见。梅兰芳自然不拒绝，而孟小冬竟然也十分干脆地答应了，说：“既然没时间排练，那我就和他台上见！”好一句“台上见”！面对已经功成名就的大师，孟小冬倒是凭着一股初生牛犊不怕虎的劲头，和梅兰芳直接上台就唱。

第一次见面，两人就直接上台合作，竟也唱了个圆圆满满，一位是帝王风范的负心郎正德皇帝，一位是情真意切的痴情女李凤姐，梅、孟二人竟像是相爱多年的情侣一般，唱得让人心醉神迷。

没想到，这一唱就唱出些莫名的情愫。加之戏迷们从中撮合，大家就盼着这一皇一后能够在现实中也是一对。

于是，梅兰芳不顾家中妻子，以“兼祧”之名和孟小冬开始同居，也就是两个老婆都是正娶，孟小冬和原配地位平等，不算小妾。然而家中的原配福芝芳夫人可不会善罢甘休。孟小冬以为自己追求到了爱情，却不知一步步踏入了痛苦的深渊。

1930年，梅兰芳要赴美演出。本是美事，却引发了一个新的问题——带哪位“梅夫人”同行？他本想带孟小冬，可福芝芳本已怀孕，却为了能够和梅兰芳同行，毅然找医生打胎。

事情闹到这般不可收拾的局面，梅兰芳最后谁也没带。

回国之后，梅兰芳的大伯母去世，按理说孟小冬也是梅家的正娶妻子，也有披麻戴孝的义务。没想到，当孟小冬穿着孝服上门时，却被梅家的下人以一声“孟小姐”生生挡在门外。

孟小冬不肯离去，站在梅家门口叫着梅兰芳的名字。

福芝芳和梅兰芳一起穿着孝服出来了，看了眼身边夫人阴沉的脸色，梅兰芳竟然转头对孟小冬说：“你先回去吧。”**孟小冬这才知道：什么“兼祧”、什么“冬皇旦后”，都是镜花水月。**

梅兰芳为此事犯愁，有朋友劝他：“福芝芳夫人能服侍你，孟小冬却要别人来服侍，二者相权，还是福夫人好。”这种荒唐的理由，梅兰芳却听信，正应了那句“不爱了，什么都是错”。

但梅兰芳贪恋孟小冬年轻貌美，仍然不忍和她分手，反倒是孟小冬性子烈，直接上门找梅兰芳，要求离婚。她坚决地对梅兰芳说：“**你放心，我不要你的钱。我今后要么不唱戏，再唱戏也不会比你差；要么不嫁人，再嫁人也不会比你差！**”

两人离婚后，孟小冬一度绝食，剃发出家，终于又还俗。她当年咬着牙向梅兰芳发下的誓呢？

唱戏上，她拜老生第一大师余叔岩为师，成为余氏唯一传人，她之于老生堪比梅兰芳之于花旦；嫁人上，她嫁给了当时上海滩的风云人物杜月笙，成就一段佳话。

而梅兰芳明知梅家容不下孟小冬，给了她“兼祧”之名，却连最基本的尊重都给不了；既知已对孟小冬亏欠很深、伤害很重，却仍然扭扭捏捏不肯放手。如果不是孟小冬非平凡女子，怎能经得起梅郎这一番负心！

“等闲变却故人心，却道故人心易变。”在不正确的时间地点，碰上了不正确的人，悲剧早在一起唱的第一出戏时埋下种子。如今斯人皆已逝，空留后人叹息。

（六）他的风华倾国倾城，更能倾天下

梅兰芳和卓别林，一辈子只见过两次面，却彼此欣赏，可谓神交。梅兰芳喜欢看卓别林的电影，经常让自己的学生也看，研究卓别林如何不借助台词，单纯用肢体动作和表情推动剧情。卓别林在《大独裁者》中有一段爬地球仪的动作戏，难度很大，梅兰芳看后赞不绝口，认为能和京剧中难度最高的武生戏《挑滑车》相媲美。

1930年，梅兰芳应邀到美国巡演，终于和卓别林见了第一次面。那天在洛杉矶，梅兰芳参加一个酒会，卓别林也在受邀之列，他本在片场拍电影，一听说梅兰芳来了，衣服都没换，穿着电影里的衣服就去找梅兰芳了——那会儿他在拍的是《城市之光》，穿的可是一身脏兮兮的车间工作服！结果梅兰芳看到一位邋邋遢遢的小个子工人向他奔来，当场就蒙了。

互相介绍之后，梅兰芳大笑：“十多年前我就在看您的电影了，一直只记得您拄着拐杖、摇摇摆摆的样子，今天见到真人竟如

此风度翩翩！”

1933年，萧伯纳到中国，在上海停留了一天。这位英国剧作家当时在中国非常火，很多人前去迎接他。萧伯纳已经七十七岁高龄，本是应邀访问，并不想参加太多活动，也不想见太多人。那天下午是国际笔会中国分会的欢迎会，**萧伯纳却问：“梅兰芳先生会来吗？**”其他人都愣住了：梅兰芳根本不是笔会成员。但既然萧伯纳特意提出了，那就赶紧去请。

于是梅兰芳也来了，萧伯纳非常高兴，和梅兰芳还聊了起来。他问梅兰芳：“京剧为何有那么多敲锣打鼓、吵吵闹闹的声音？去掉似乎也不会影响剧情，反而更高雅？”梅兰芳说：“京剧起源于民间，在乡野中演出，需要用锣鼓吵闹的声音才能吸引人来看。中国戏曲的高雅部分如昆曲，就没有锣鼓声了。”萧伯纳大笑：“多谢指点！”

1935年，梅兰芳应邀到莫斯科访问，当时苏联最杰出的导演爱森斯坦提出要给梅兰芳拍一部短片，内容就是一出戏的片段。梅兰芳心想，不就是多演一次嘛，于是爽快答应了。爱森斯坦却很神秘地说：“您可要做好心理准备，拍摄完成后，您和您的团队都会恨透了我的。”

果然，一开始拍才发现和平时唱戏根本不一样。为了多机位地呈现一个场景，他们需要把一段词翻来覆去地唱；灯光或者录音出了纰漏，也要重新来。折腾下来，其他演员和乐师开始抱怨连连，搞不懂爱森斯坦为啥这么苛刻。

倒是梅兰芳最为耐心，一直一脸微笑地满足爱森斯坦所有的要求，还转过身来对身边人说：**“导演的话要听仔细了，这部片子拍好了对京戏作用可不小，全世界的人都在看着咱呢！**”最终呈现出来的片子效果非常好，京剧也因此搭载了更有力的翅膀飞向世界。

梅兰芳一生多次代表中国戏剧的最高水平到外国演出，在苏联、日本、美国等国家都有大批粉丝，用现在的话来说，绝对算得上国际巨星了。全世界以戏剧、电影为事业的大师们，也视梅兰芳为行业的骄傲。

实际上，梅兰芳的国际知名度和影响力，在中国戏曲界甚至艺术界恐怕确实是空前绝后。西方人并不熟悉中国戏曲，但有一种美，可以超越民族、国界与时代，引发全人类共鸣。毫无疑问，梅兰芳具有这种美。

梅兰芳属于每一个时代——即使在现代，他依然是美的典范。我们庆幸拥有梅兰芳，却惋惜不能亲眼亲耳感受他的绝代风华。可是，从模糊抖动的老电影中，从暗淡发黄的黑白照片中，从杂音沙沙的旧唱片中，无缘亲见梅郎风华者，还能依稀感受到那倾国倾城的风情万种。

去听听梅兰芳的录音，看看珍贵的录像吧，如此遗产，不应该被我们遗忘。如果你的心被此等美丽震撼，你就能体会到：总有一些风华，超越时间与空间，青春永驻，容颜不老。

YONG GUDU HE
SHIJIE DUI TAN

潘玉良■

生命

给我一张破纸，

我也能 画成艺术品

文/林饱饱

生　平：潘玉良（1895—1977年），原名陈秀清，后更名为张玉良，嫁与潘赞化后更名潘玉良。生于江苏扬州，著名画家。

十七岁，嫁给潘赞化。

二十二岁，跟随洪野学画。

二十五岁，考取上海美术专科学校西洋画系。

二十六岁，成为首届赴法留学生，考入里昂国立美术专科学校。

二十七岁，考入巴黎国立美术专科学校，和徐悲鸿成为同学。

三十三岁，被聘为上海美专西洋系主任。

四十二岁，再度赴法。

八十二岁，病逝于巴黎。

代表作：《自画像》《裸女》等。

名　言：公狗比男人好。

推荐语：曾经的青楼女，靠自己的努力，翻身成为影响世界的一流画家。潘玉良之后，再无第二人。

（一）孤女被舅舅卖到青楼

潘玉良，原来不叫潘玉良，叫陈秀清。秀清出生在一个贫穷但有爱的四口之家。

不幸的是，她一岁时，父亲死了。她两岁时，姐姐死了。最爱她的妈妈、教她绣花的妈妈，也在她八岁时，累死在绣花摊上。她九岁时，被舅舅领养。

她十四岁时，舅舅看着她紧致的肌肤，说："秀清啊，给你找个事做好吗？"秀清高兴地问："做什么事？绣花吗？"

舅舅把她接上船，改名"张玉良"，交给皮条客。一会儿的功夫，玉良下船成青楼女，舅舅收钱回家。玉良不认命，逃跑，被抓回。

后人翻拍《玉良传》，找巩俐、李嘉欣来演，其实一半是臆想，一半是迎合市场，真实的玉良谈不上美，狮子鼻、大嘴巴、女生男相。

但就如王尔德所说："生活在阴沟里，依然有仰望星空的权利。"命运给玉良双重暴击：被丢进青楼，没法以色事人，她改变命运的方式却不落俗套。

（二）青楼女翻身，靠的是才华和眼力

潘赞化出任芜湖海关监督时，在酒局中遇到唱曲姑娘玉良。

玉良出场："潘大人，请点曲子！"

潘赞化没抬头："拣你熟悉的来！"

玉良唱起了京戏《李陵碑》，唱到高潮，整个大厅都萦绕着她洪亮的声音。

潘赞化听得眼睛直发亮——他没料到，这把苍凉雄浑的声音竟出自一个姑娘之口。更没想到，烟花之地竟有人格局如此大，能把杨令公的悲壮抒发得如此淋漓尽致。

几个当官的看在眼里，联合老鸨把玉良进贡过去，希望以后办事有个照应。

潘赞化看出个中玄机，拒收玉良。玉良却不肯放弃，三年来她阅人无数，来她这里的，无非要性，要舒服，要吹捧，要耍威风。

像潘赞化这样见多识广、温文尔雅，非但不看不起人，还欣赏她的灵魂的人，错过这个村，再没有这个店了。

玉良说："你要是赶我回去，他们会弄死我的。"

潘赞化心软："要不我给你赎身，你回扬州老家。"

玉良擦着眼泪："我要是回去，舅舅还是会送我到青楼。"

潘赞化哀叹："可是我已有妻……"

玉良顺势就说："大人留我做婢女也好。"

潘赞化本来就觉得这小姑娘有点意思，既然她话都说到这个份儿上，就是天定缘分。

我很喜欢柳青那句话："人生的道路虽然很漫长，紧要处却常常只有几步，尤其是当人年轻的时候。"十七岁的玉良把握住潘赞

化，从此“张玉良”更名“潘玉良”。

（三）不愿做金丝雀，却被丈夫富养成女学生

潘玉良跟在潘赞化身边一段时间后，潘赞化真是爱上了她，觉得让她当个婢女太委屈了，就正式纳她为妾，还想跟她生个一儿半女。

但潘玉良拒绝：一、你的发妻容不下我们的孩子。二、孩子长大后会被人嘲笑是妓女所生。

一个人的污点不会因为傍上强者而被淡忘，只有当自身的优势越来越突出时，才不怕有人揪着你的污点不放。瑕不掩瑜，还得多靠自己，这个道理玉良心里清楚。

在玉良看来，潘赞化为她做的最浪漫的事，不是为她赎身，不是你侬我侬，而是为她讲解《爱莲说》，教她读书写字、知事明理。潘先生教书很严，前一天教的内容，后一天要查背诵，学不好就不教了。玉良为了让他多讲一些，宁可没日没夜泡在书房里苦读。直到某天潘先生发现她古书背得比自己还溜，还瞥见玉良桌上的莲花图：“好画好画！”玉良羞得慌忙藏画，却已掩盖不住自己的灵气。

潘先生看着玉良，这一刻，她不是唱《李陵碑》的欢场女子，也不是命中注定的小娇妻，她是一个对文字、艺术如痴如醉的女学生。

廖一梅说：“人的一生，遇到爱，遇到性，都不稀罕，稀罕的是遇到了解。”

玉良很幸运，潘赞化是大气丈夫，比起养她在闺中，更想支持她活成自己。能教的文学知识、历史典故，都一箩筐倒给她，不精通的绘画就请专职老师来教她。

难怪潘赞化的原配醋意大发：“人家纳妾，要么为了寻欢，要么为了传宗接代，你倒好，是为了养个有文化的闺女吗？”

“以色事人，色衰爱弛”，靠撒娇取宠，日子久了跟宠物没啥区别。真正能被丈夫宠成女儿的，无非像潘玉良这样，独立、有追求、有主心骨的。劝女人“为悦己者容”的都是女人，真正让男人砸锅卖铁爱到骨子里的，必然是让男人有敬意的，毕竟男人信奉的是“士为知己者死”那一套。

（四）命中贵人很多，她却想活成自己的贵人

学艺术的人多有怪癖，出名的画家洪野也一样。

有一天，洪野去潘赞化家喝茶，偶然瞥见潘玉良在画画，觉得她有天分又肯努力。茶间他夸潘先生好福气，娶得一位知情知趣的娇妻：“夫人是哪个学校的才女？”潘先生委婉告诉了他玉良的底子。洪野哀叹又怜惜：“潘先生，是否介意让我与夫人切磋技艺？”

对于这个提议，潘赞化简直比玉良还兴奋。

玉良很争气，洪野说她底子薄，她就从经典《芥子园画谱》开始临摹，画到一笔一画就像复印的才肯罢休。当时很多女名流业余都画点花花草草，但玉良不想当个玩票，她要去考上海最好的绘画学府：上海美术专科学校。

洪野跟这所学校的老师很熟，就说：“我去打个招呼吧。”

玉良说：“我自己去考就好。”

陈独秀因潘赞化结识玉良，欣赏她的才情，也说：“我去跟校长说说吧。”

玉良说：“不用了，谢谢！”

她一个半路出家的去跟童子功、科班出身、一考再考的比拼，结果考了个如假包换的第一名。但学校因为她的出身拒绝录取，这时候洪野出面帮她，讲的真的是公道，而不是人情。

我们常说：阅人无数，不如名师指路。名师指路，不如贵人相助。玉良命中的贵人那么多，她却活成自己的贵人。

（五）为画裸女，去浴池偷窥

玉良在上海美术专科学校学习时，很多老师很欣赏她，“玉良很勤奋。”“玉良很有天赋。”“玉良对虫鱼鸟兽的把握非常细致。”

但老师也说了：“你对很多东西的观察和思考都很深入，怎么一到人体画，就画得那么生硬？”老师接着说，“不过，对于一个女学生而言，能把虫鱼鸟兽画得漂亮，已经不错，人体画对你确实难度太大。”

漂亮，在艺术家眼里是非常低级的。他们追求的是不一样，不一样才能被艺术史记住。潘玉良瞧不上这些不痛不痒的漂亮，要更上一层楼，就必须去挑战一些高难度的题材。

比如？裸女！

人体是世界上最富美感与力量的形体，只可惜，模特太缺，玉良根本没有实践的机会。

她思来想去：也许公共浴池的裸女最多，挑中黄金比例身材的也容易些。

于是，为艺术痴狂的她带上画具跑到浴池画起浴女来。结果可想而知，那些女人看到玉良，就像遇到色狼，狂骂猛打：“哎呀！你们都来看哪！这个不要脸的女人在画我们哪！”“怪不得人家讲，这个学堂的学生专画女人光屁股！”

这一打，没有打消玉良画裸女的念头，倒是打通玉良的任督二脉：其实我脱了衣服也是个很棒的裸模，为什么不画自己呢？

她便每天把自己关在房间里，脱光衣服自我欣赏、自我描摹。画到满意，玉良还把自己的裸体画像作为作业上交，参加学校的画展。受过西画教育的老师都赞叹她的画技和勇气，但学校里的嫉妒和闲言碎语也传开了："画这种画的女人，不是疯子就是婊子！"

刘海粟校长看着她的裸女画说："玉良女士，西画在国内的发展受到很多限制，有机会还是争取到欧洲去吧！"

我很喜欢鲁迅那句话："一部《红楼梦》，经学家看见《易》，道学家看见淫，才子看见缠绵，革命家看见排满，流言家看见宫闱秘事！"裸女，有些人看来是隐私，有些人看来是淫秽，艺术家看来，就是速写对象。

（六）比活在别人嘴里更重要的，是活在自己的成长里

用今天的话说，潘玉良就是一名女汉子。除了画人体外，她平时的言行也大胆得不像女生。

有一次跟同学外出写生，潘玉良一个人跑到雷峰塔墙圈里小便，这时候一伙男同学过来了，女同学喊玉良快出来，她不慌不乱地蹲在里面："他们管得着我撒尿吗？"

还有一次，大家都在八卦：一个女诗人如何以狗为伴、与公狗相交。只有潘玉良一语惊人："公狗比男人好，至少公狗不会泄露人的隐私。"

潘玉良的画在学校里独树一帜，加上人特立独行，很快便成为众矢之的。

有人挖掘出潘玉良曾是雏妓的艳史，还有女同学落井下石"誓

不与妓女同校”。

那些人揪着玉良的过去不放，但玉良才不介意，她想起校长曾经劝她到国外去接受更自由的文化熏陶，现在时候到了。很快，在潘赞化的支持下，玉良收到法国里昂国立美术专科学校的录取通知书。

王尔德说：“每个圣人都有不可告人的过去，每个罪人都有洁白无瑕的未来。”强大的人都明白，比过去和未来更重要的是当下，比活在别人嘴里更重要的，是活在自己的成长里。

（七）此处不留姐，自有留姐处

在里昂国立美术专科学校，潘玉良成了徐悲鸿的校友。

九年后回国，她被刘海粟校长回聘母校任教，也在徐悲鸿执办的美院当过教授。

“坏人只会变老，不会变好。”从前揪着她的妓女过往不放的人，九年后依旧在攻击她这一点。潘玉良不理会这些风言风语，理直气壮地画人体，理直气壮地当教授，理直气壮地办画展，理直气壮地出画册。

直到1936年，她非常自得的画作《人力壮士》在画展上被人贴上了“妓女对嫖客的颂歌”的标签。这不同以往转瞬即逝的语言攻击，而是明明白白摆上台面的侮辱。这样刺人的攻击路人做不来，正是潘赞化从老家杀到上海的发妻给的下马威。

一回到家，气氛阴冷了许多，大房太太教训她：“不要以为你在外面当了教授，就可以和我平起平坐了。在这个家里，我永远是大的，你永远是小的。”

潘玉良陷入了沉思：扪心自问，还是在法国更适合自己，上海与她已经格格不入，除了一直支持自己的夫君。

她对潘赞化说："我舍不得你，但这个家容不下我。"

潘赞化说："我离不开你！但你应该做开心的自己。"

玉良说："我想回法国。"

潘赞化说："我舍不得你！但你想走就走吧！"

1937年，四十二岁的潘玉良再次前往法国。**黄浦江边，潘赞化掏出蔡锷送他的怀表，塞给潘玉良。异国鸟语花香，怀表伴过你每一秒。玉良没法带走潘赞化，唯有临行前画了潘赞化像，带着它去践行艺术梦想。以后山高水远，见画如见你。**

（八）永不恋爱的怪女人

很不幸地，潘玉良刚到法国不久，巴黎就沦陷了。玉良的房子、画室被德军征用，战火连天，她不得不迁居租房。

那段时间，她手头的钱就像颜料罐一样，被房东一挤就完了。就在玉良饿得连半块面包都吃不起时，王守义出现了。

"朋友，不能饿饭！"他知道潘玉良不喜欢被人同情，便将一些钱包好放到她家门口，并附上字条提醒她好好吃饭。

王守义也是中国人，穷苦农民出身，比玉良早些年到法国，白手起家做生意，是个小有成就的商人。

潘玉良十年前来法国学画时，他就看过她的画展，一直想一睹芳容，没想到有缘相识，相逢恨晚。

还有一次，潘玉良住的地方差点被炸弹炸飞，王守义第一时间赶到，把潘玉良救了出来。**这世上的事情，锦上添花容易，雪中送炭可遇不可求**，潘玉良遇上了。她太珍惜这样的情谊了。果然是中国同胞好！

王守义对潘玉良越来越好，她在画画，他就在画室外面等她，她去写生，他就在她家门口等她，连王守义的朋友都调侃：“这个单身汉的春天来了吗？”

终有一天，潘玉良回家看他又堵在门口，便问：“你怎么天天来找我？”

王守义忍不住表白：“我想天天都能见到你。”

可潘玉良不同意：“你年长我一岁，要不我们就以兄妹相称，互相陪伴吧。你知道的，我是有夫之妇，赞化待我极好，即使我们天各一方，但我很想他，他应该也在想我。”

王守义挫败，但输给有情人，何尝不心甘：“难怪从前别人说你是永不恋爱的怪女人。”

塞林格说：“爱是想碰触又收回手。”他当时是想表达那种想爱又怕破坏幻想的战战兢兢，但单看这句话，未尝不能理解为：爱就是为一棵树，失去整片森林。因为爱和忠诚，所以一生都在力争上游。不停更新的潘玉良，唯独爱情不争，守旧，一生只爱潘赞化一人。

（九）永不卖画，永不加入法国

1945年，中国赢得抗日战争的胜利。

潘玉良因此迎来艺术的春天：她被选为中国留法艺术学会会长。

她和学会同仁公开致电国民政府，强烈要求政府收回日寇侵华期间抢劫的中国艺术品。

她的艺术活动一个接一个。

她的作品参加法国塞鲁希博物馆的“中国现代画展”和巴黎国

立美术学院的“中国画展”。

她的油画作品《我的论画女友》《美丽的布依卡尔》和《郁金香》入选第56届独立沙龙画展，《裸体画》入选大皇宫秋季沙龙画展，并荣获法国国家金质奖章。

……

潘玉良的画展遍地开花，还作为代表去美国参加联合国举办的“现代国际艺术展览会”，《华美日报》赞她是“艺术精英”“令人敬仰的艺术家”。

法国政府希望她加入法国国籍，但潘玉良拒绝了！世界各地的观展人想买她的画，但潘玉良拒绝了！

1945年，潘玉良之所以那么兴奋，并不是因为随之而来的艺术春天。作为一个手艺人，她早就习惯寂寞，作为一个被人嘲讽半辈子的人，她早就对褒奖和贬低免疫。她这么高兴，是因为可以回家了，可以带着艺术成果回国了！

潘玉良这一辈子，不蒸馒头要争口气，她擦亮眼，咬紧牙，从扬州到上海，从上海到法国，从青楼女到婢女，从婢女到小妾，从小妾到学生，从学生到留学生，从留学生到教授，从教授到名画家，野心满满，眼看就要走上人生巅峰，她争了一辈子，却在最关键的时候，放弃了。

（十）争是进取，不争是心里有你

抗日战争胜利时，潘玉良很高兴地给潘赞化写信：“我想你！想回家！想马上见到你！”

很久她才等来潘赞化的回信，信中表达得非常含蓄，意思是现在回去还不是时候。

潘玉良归家无路，只能边等边跟潘赞化通信。

被明确拒绝的王守义做不成潘玉良的情人，还是默默守在她身边，听她讲这些思家的故事。

直到1959年，潘玉良下定决心，不管别人说什么，一定要回国给潘赞化一个惊喜，却意外收到噩耗：赞化已经去世。

潘玉良不信：我的赞化分明前几天还在给我写信。中间人却明明白白地说：那是潘赞化怕玉良接受不了这个事实，临终前让儿媳模仿他的口吻跟玉良通信。

七十多岁的玉良万念俱灰，心底那股回家的勇气像气球被针扎破，一下子瘪下去。没有潘赞化的家，争着回去做什么？她才没有力气去跟大太太争。不如远离伤心之地。

人生七十古来稀，可潘玉良才没有年龄感，她继续在法国画画，艺术之花节节高，画展、画册一拨接一拨。

1977年，潘玉良逝世于法国，临终时嘱咐王守义：遗体就近埋葬就好，遗作请一定运回国。

潘玉良这辈子，不怕别人嘲笑她的出身，不怕别人嘲笑她的变态——浴室偷窥，不怕别人嘲笑她的特立独行——偏画裸女。万般不怕，除了这三个：潘赞化、画画和祖国。她一生只爱潘赞化，永远不和别人谈恋爱；一生挚爱画画，但不卖画，好的都留给祖国；一生都是中国人，法国再好她也不加入。她拎得清，一辈子，争是进取，不争是心里有你。

YONG GUDU HE
SHIJIE DUI TAN

李叔同

半世繁华
半世僧

文 / 苏打格拉凡

生　平： 李叔同（1880—1942），原籍浙江平湖，后随祖辈移居天津。父亲李筱楼是同治四年乙丑科的进士，创办“桐达”等几家钱铺，家业庞大，为人乐善好施，晚年喜好佛经，尤其耽爱禅。李叔同便开始耳濡目染。五岁失怙后家道中落，后赞同康、梁百日维新，在当局眼中成了不折不扣的逆党中人，他被迫携眷避祸于上海。1901年入南洋公学，在新旧思想相争的激烈氛围中，李叔同萌生了东渡日本留学的想法。在东京美术学校攻油画，同时学习音乐。回国后创立话剧社，是中国话剧运动创始人之一。

回国后担任过主任教员，兼职音乐编辑，极力倡导美育。

1918年8月19日，在杭州虎跑寺剃度为僧，云游各地讲律。抗日战争爆发后，多次提出“念佛不忘救国、救国必须念佛”的口号。1942年10月13日在温陵养老院圆寂。

代表作：《送别》《南京大学校歌》《三宝歌》。

名　言： 无心者公，无我者明。

推荐语： 半世繁华半世僧，由绚烂归于质朴，天下只弘一法师一人耳。

（一）神童出世，惊叹世人

1880年10月23日，李叔同生于天津故居李宅。祖父李锐，经营盐业与银线业。父亲李世珍，官任吏部主事，后辞官继承家业成为津门巨富。李叔同出生的时候，当时他父亲已六十八岁，虽然李叔同五岁时父丧，但因为生活优渥，兄长和母亲很注重对他的教育，使得他过了一个幸福的童年。

当时，其母延请了天津名士赵幼梅教他诗词，唐静岩先生教他书法，加之他本人极为聪颖好学，小小年纪便积累了非常深厚的国学修养。有道是“《文选》烂，秀才半”，李叔同七岁时便能熟读《文选》，且写得一手像样的书法，被人称为“神童”。

有多神?

四五岁便能熟背名诗格言；六七岁已深谙《文选》；正当十二岁少年初长成时，便习得各朝书法，尤其写得一手好词，“人生犹似西山日，富贵终如草上霜”正出自年仅十五岁的李叔同之手，令许多当代词人自叹不如。正所谓年少有为，李叔同一副贵族书生的模样，不但令同坛文人折腰拜服，更是凭借着自己的才气俘获了绝代佳人杨翠喜的芳心。

由于家庭的变故，李叔同得罪了当朝高官，为了避祸，十八岁的他便陪着生母南迁上海了。晚清的上海，正是西洋文明和东方文化碰撞的边缘，既有传统文化的底子，又有“欧风东渐”的浸染。李叔同在上海入南洋公学从蔡元培先生受业，与邵力子、黄炎培、谢无量等人同学。在“学霸光环”的笼罩之下，李叔同的才识一时可谓“举世无双”。

十六七岁的李叔同，不但是才华横溢的文士，也是一个颇为放浪的富家公子。李叔同每日里邀友作画，吟诗写字，闲暇里听戏，逛茶楼，学着那些公子流连在风月场，要多风雅有多风雅。

杨翠喜，就是这么突兀地闯入了李叔同的世界，才子的心好像西湖的水，一瞬间就被搅得波心荡漾。杨翠喜倒也是个传奇人物，第一次登台演出，她唱《梵王宫》《红梅阁》，唱腔华丽婉转，神态婀娜摇曳，让观众掌声迭起，也有一些老学究骂不绝口，说女子登台有伤风化，而那些富家的小公子则奔走相告，就为一睹尤物的绝代风情。

情窦初开的李叔同，对杨翠喜算是一见钟情。他每日放学后都会去听她的戏，她在台上，他在台下，时间长了，四目相撞，难免让杨翠喜注意到他那么多追求者，那么多王孙公子在台下隐隐追着她的舞步，但是，他们眼神里的贪婪与污浊打动不了杨翠喜，唯有李叔同，一举一动皆是一腔情思，没有半点浑浊邪意。

两人相识后，无话不说，李叔同一改台下看客的身份，成了杨翠喜的知己，每天坐在第一排看她轻舒水袖，万种柔情，待她下台之后，他到后台去等她，再提着灯笼送她回家。

他给她写戏曲，为她详细解说中国戏曲的渊源和历史，指导她唱法和舞技，为她倾注全部的爱。杨翠喜得到大才子的点拨，技艺便更上一层楼。奈何却因各种因素，杨翠喜被别人赎买，几经周折又嫁作商人妇。

后来，李叔同悲慨万分，写了两首词《菩萨蛮·忆杨翠喜》，表达了这种情意：“燕支山上花如雪，燕支山下人如月；额发翠云铺，眉弯淡欲无。夕阳微雨后，叶底秋痕瘦；生怕小言愁，言愁不耐羞。”“晚风无力垂杨嫩，目光忘却游丝绿；酒醒月痕底，江南杜宇啼。痴魂销一捻，愿化穿花蝶；帘外隔花阴，朝朝香梦沾。”

（二）远渡东洋，情深异国女人

1905年，李叔同的母亲王夫人病逝于上海“城南草堂”，李叔同扶柩回津，并依“东西各国追悼会之例”，为母亲举行了葬礼。

葬礼当天400人穿着黑衣，李叔同在灵堂用钢琴伴奏，并请儿童合唱他创作的哀歌。此举被视为“奇事”，天津《大公报》称之为“文明丧礼”。

李叔同幼年丧父，教养培育基本靠他的生母王夫人，是以奉母至孝。生母去世，对他刺激很大，认为自己的“幸福时期已过去”，于是东渡日本留学，从此一生与物质世界一别两宽，走向了属于他内心的精神世界。

李叔同初到日本，对于明治维新以后的西化成果深感羡慕，对西洋艺术全面研攻。他在东京美术学校西画科跟黑田清辉等画家学习，同时又入音乐学校研究乐学与作曲，业余还研究戏剧。他的艺术追求在此全面铺开。

在东京美术学校，李叔同作为中国第一代美术留学生，受到日本各阶层的广泛关注。日本《国民新闻》记者曾专访这位“清国留学生”，只见他的画室四壁悬挂黑田、中村等人的画作和他自己的油画稿，笔致潇洒，令人赞赏。这篇访问记就被刊于当时的《国民新闻》，很为人所注目。

为了精进自己的美术造诣，李叔同开始专攻人体艺术绘画，苦恼的是，他找不到愿意做模特的人。没想到，他的日本房东女儿淑子原来偷偷暗恋着他，两人因为人体模特一事而结下姻缘。

一天，李叔同突然打电话约淑子到自己居住的“不忍池”畔的小楼，淑子以为李叔同会向她求爱，没想到李叔同是要淑子帮他介绍一个女模特以完成自己的作业。淑子悲伤不已，迅速离开。不久后的一天早上，淑子又叩响李叔同的房门，这次是淑子决定自己来做李叔同的模特，以助李叔同完成作业。

李叔同对淑子说：“也许你早就从我的眼神和行动上看出来，我是喜欢你的，而且喜欢得深入骨髓。”此后，他们超越了画家与模特的界限，上演了一场浪漫之恋，还邀请各位好友和画界名流见证他们的爱情与婚姻。

少年经历了众多繁华的他，已经渐入“本我”佳境，他对一切都是那么认真，包括爱，包括他的事业与人格。

（三）如果李叔同说自己第二认真，没人敢说第一

李叔同在南洋公学时英文就学得很好，曾细读原本的《莎士比亚全集》，并对西洋戏剧倾心已久。

1906年，他与曾孝谷等人创办“春柳社”，提倡话剧，当时李叔同带头导演各种西洋话剧，《茶花女遗事》是他的重头好戏，可一时找不到合适的女演员，怎么办?

李叔同决定男扮女装，来一场反串戏，为此他不惜将小胡子剃去，花重金做了好几身女西装。此剧之后声誉鹊起。

不仅如此，他在浙江第一师范学校做老师时，认真起来更让人“害怕”。当时著名的文学家夏丏尊先生在这里教国文。丰子恺、刘质平等文化名人均就读于此，还是李叔同的得意门生。在同事、同学们心目中，这位李先生是怎样一个人呢？一言以蔽之：“认真。”

夏丏尊先生《平屋杂文》一书中有好几篇是写李叔同的。他对这位“畏友”充满敬佩，认为李叔同是“我们教师中最不会使人忘记”的。夏丏尊多次对学生说：“李先生教图画、音乐，学生就把图画、音乐看得比国文、数学等更重。这是有人格做背景的原故。他的诗文比国文先生的更好，他的书法比习字先生的更好，他的英文比英文先生的更好……这好比是一尊佛像，有后光，故能令人敬仰。”

夏丏尊先生任学校舍监的时候，有一事非常困扰：有同学失窃，而始终无人肯承认。

李叔同乃献一策：君请书通告一纸，限某日前认错，否则本舍监只有一死谢罪！还强调：必须是准备认真践诺，方有效力。夏先生实行没有，不得而知，但确实对他认真的精神感到“骇然”。

难怪张爱玲说：“不要认为我是个高傲的人，我从来不是的，至少在弘一法师（李叔同出家后的法号）寺院围墙的外面，我是如此谦卑。”认真到这个程度，不得不让人敬佩李叔同的人格魅力。

（四）四大皆空，重兴律宗

一天，李叔同由校工闻玉陪同，到杭州大慈山下的虎跑寺，断食达十七天之久。他还将断食的感受详细记录于《断食日志》。

断食期间，李叔同以写毛笔字打发时间，笔力丝毫不减，而心气比平时更灵敏、畅达。

“断食”之后的李叔同马上在儒学大师马一浮先生的指引下学佛。出家前一天晚上，李叔同把丰子恺和另两位同学叫到他的房间里，把房间里所有东西送给了这三人。

第二天，丰子恺等三人送他到虎跑附近的定慧寺出家，法名演音，号弘一。李叔同出家后，发愿精研戒律，并且严格依照戒律修持。初修净土宗，后来又修律宗。律宗向以戒律森严著名，一举一动，都有规律，严肃认真至极，被称为佛门中最难修的一宗。弘一法师为弘扬律宗，曾立下四誓：

一、放下万缘，一心系佛，宁堕地狱，不做寺院住持；

二、戒除一切虚文缛节，在简易而普遍的方式下，令法音宣流，不开大法，不做法师；

三、拒绝一切名利的供养与沽求，度行云流水生涯，粗茶淡饭，一衣一衲，鞠躬尽瘁，誓成佛道；

四、为僧界现状，誓志创立风范，令人恭敬三宝，老实念佛，精严戒律，以戒为师。

二十多年精诚庄严的自律苦修，弘一法师使断绝数百年的律宗得以复兴，佛门称弘一为“重兴南山律宗第十一代祖师”。

（五）念佛不忘救国

著名美学家朱光潜曾说，李叔同是“以出世的精神做着入世的事业”。宗教的虔诚与献身精神并没有使他放弃救国的愿望，反而更加强烈。

1941年，国难当前，弘一法师写下一幅横卷：“念佛不忘救国，救国必须念佛。”其跋语写道：“佛者，觉也。觉了真理，乃能誓舍身命，牺牲一切，勇猛精进，救护国家。是故救国必须念佛。”

著名作家郁达夫曾到福建拜访弘一法师，相见之下，郁达夫先生竟产生削发出家的念头，希望追随弘一法师的步履。弘一法师对他说：“你与佛无缘，还是做你愿做的事情去吧！”赠郁达夫著作数种而别。郁达夫后来因英勇抗日，被日本宪兵残杀于苏门答腊。

据徐悲鸿夫人廖静文女士的回忆，徐悲鸿先生曾多次拜访弘一法师这位艺坛前辈。有一次，徐悲鸿发现山上一棵已枯死多年的树木发出了新芽，颇为吃惊，于是问道："此树发芽，是因为您——一位高僧来到山中，感动了这枯树起死回生吗？"弘一法师答道："不是的。是我每天为它浇水，它才活过来。"徐悲鸿曾为弘一法师作油画像，"以全力诣其极"，颇为深刻地表现了弘一法师的庄严与慈爱。

柳亚子先生与弘一法师早年同办过《太平洋报》，弘一法师出家后，就与柳亚子失去了联系。1939年抗日军兴之际，弘一法师在福建泉州度六十寿辰，忽然收到柳亚子一首祝寿诗，诗曰："君礼释迦佛，我拜马克思。大雄大无畏，迹异心岂异。闭关谢尘网，吾意嫌消极。愿持铁禅杖，打杀卖国贼。"当时在场祝寿的人见到这首诗，无不缩颈咋舌，可是弘一法师读了微微一笑，提笔回诗偈一首，云："亭亭菊一枝，高标矗劲节。云何色殷红，殉教应流血。"柳亚子读后，不由得叹道："呜呼，洵可谓善知识矣！"并作《怀弘一上人》文。弘一法师爱国救国之志，可谓撼动天地，更何况他早已是看破红尘俗世之人。

（六）绚烂至极，归于平淡

弘一法师在出家之后，就毅然舍弃了他曾醉心研究过的话剧、油画、西洋音乐诸艺术。唯独于书法研习不辍，老而弥笃。他认为："夫耽乐书术，增长放逸，佛所深诫。然研习之者，能尽其美，以是书写佛典，流传于世，令诸生欢喜受持，非无益矣。"

由于外部环境和内心精神世界的改变，李叔同出家以后的书法作品，可以说是充满了宗教所赋予的超脱和宁静，不激不厉，心平气和。

在俗时那种点画精到、刻意求工的效果不见了，而代之以圆润含蓄、蕴藉潇洒，给人一种大智若愚、大巧若拙的感觉。正如大师自己所解释的那样："朽人之字所示者，平淡、恬静、冲逸之致也。"

弘一法师的书法，实际上是一种心灵的迹化，是大师一生艺术作品中最宝贵的结晶，深受各阶层人士的景仰。弘一出家后，一直保持着与在俗的朋友、学生的密切联系，书法则是这种联系的主要媒介。

除他的弟子们之外，与弘一法师结下墨缘的文化名人也很多。文学家如鲁迅、郭沫若、叶圣陶……艺术家如吴昌硕、王一亭等。

鲁迅先生可谓弘一法师的书法狂热粉丝，他曾在日记中详述自己在内山完造家求得弘一法师的墨宝而为之欣喜不已的事。郭沫若先生亦通过法师在俗弟子转求大师墨宝，加以珍藏，还在致法师的回信中对法师一以贯之的文艺观——"士先器识而后文艺"深表服膺。

（七）悲欣交集

1942年秋，弘一法师在福建泉州不二祠温陵养老院圆寂，遵佛教仪式火化，留下舍利800多颗，分别由泉州清源山弥陀岩、杭州虎跑寺建舍利塔供养。法师垂危时，曾作二偈给夏丏尊等旧友："君子之交，其淡如水。执象而求，咫尺千里。问余何适，廓尔亡言。华枝春满，天心月圆。"诗境圆融、洒脱、从容，充分表达了大师对生与死的看淡，和对万物生生不息的自然规律的彻悟。

弘一法师病重后，拒绝医疗探问，一心念佛。他告诉他的弟子妙莲法师："你在为我助念时，看到我眼里流泪，这不是留念人间，或挂念亲人，而是在回忆我一生的憾事。"10月10日下午，弘一法师索来纸笔，写下"悲欣交集"的绝笔交给妙莲。弘一法师"悲"什么？"欣"什么呢？与婆娑世界离别是悲，往生西方是欣。山川草木、宫室楼台、尊荣富贵乃至亲朋骨肉，在佛家看来，如昙花一现，皆为幻象、梦境。梦中离别，亦有悲情，虽有悲情，实乃空虚之悲。而欣则是真欣！涅槃入寂，成就正觉，岂非最可欣之事？

弘一法师终究不同于一般的和尚，他传奇般的一生，乃不断自我超越、自我升华的一生。他即使皈依佛门，也不是"走投无路，遁入空门"，而是痛感于众生疾苦，为了人生之根本问题"行大丈夫事"的。所以我们在弘一法师的尘缘之中，看到更多的是一丝一毫不肯苟且的做人态度，是"救护国家"的火热心肠，是对生命的无限热爱与悲悯……

正如弘一法师的法侣广洽法师所说："虽亲近大师有年，但觉其语默动静，无非示教，因不敢以文字赞一词也。"赵朴初先生的评价为：深悲早现茶花女，胜愿终成苦行僧，无尽奇珍供世眼，一轮圆月耀天心。

YONG GUDU HE
SHIJIE DUI TAN

萧　红

爱 自己，

一切都是 自由的

文/思有邪

生　平： 萧红（1911—1942），原名张廼莹，黑龙江呼兰人，民国四大才女之一，号称民国文学洛神。

1932年，在差点被卖为青楼女的窘境中，结识了纠葛半生的伴侣萧军。

1933年，开始创作小说。

1935年，出版了她的成名作《生死场》，被鲁迅高度赞誉，也为她自己打响了名头。

1942年，病逝于香港，留下未完稿的《马伯乐》，年仅三十一岁。

代表作：《呼兰河传》《生死场》《马伯乐》。

名　言： 我一生最大的痛苦和不幸，都是因为我是一个女人。

推荐语： 一生际遇坎坷，在乱世中辗转飘零，却凭着卓绝的文字天赋，被鲁迅赏识，被文学界认可。她是民国时期最有才华的两位女作家之一，其小说的思想格局，在同时代女作家中，更是无人能及。

引子

萧红和张爱玲，同列“民国四大才女”，号称民国时期最有才华的两大女作家。

萧红一生，命运坎坷，逃婚、被家族开除族籍、被男人遗弃、两次怀着前一个男人的孩子跟了后一个男人。两个孩子，一个送了人，一个夭折。在战乱年代颠沛流离，一身才学还没尽数施展，就因庸医误诊而凄凉死去。

然而导演许鞍华说：“四十年前我觉得萧红的经历很惨，那么早就死了，男人对她都不好，有很多故事可讲。现在再细细读她的生平，却能感觉到一种顽强的生命力。”在短短三十一年的生命中，她忍受着生活中所有的苦难，却也留下了近百万字力透纸背的作品。

“满天星光，满屋月亮，人生何如，为什么这么悲凉。”

乱世中芸芸众生，都在悲凉中麻木沉沦，而只有这个弱女子，活出了自己的倔强。

（一）“快快长大吧！长大就好了！”

萧红，原名张迺莹。1911年，辛亥革命爆发的那一年，她出生在黑龙江呼兰县一个封建地主家庭。旧时代的秩序正在崩溃，但张家大院内依然死气沉沉。家里的大人们，大都仍保留着封建家长式的专横冷酷。

小时候的萧红，有点调皮捣蛋，为了惩治她，祖母曾用大针狠扎萧红的手指，痛得她哇哇大叫。她把家中好吃的东西偷出去给穷人家的孩子吃，被母亲发现，拿着大铁叉追打她，吓得她爬到树上不敢下来。

她的父亲张廷举更是性格乖戾、贪婪无情。萧红回忆说："父亲常常为着贪婪而失掉人性。他对待仆人、对待自己的儿女，以及我的祖父都是同样的吝啬而疏远，甚至于无情。"九岁那年，母亲去世，父亲更是性情大变，"偶然打碎一只杯子，他就要骂到使人发抖的程度。"父亲新娶进门的后妈倒是对萧红很客气，不打她，只是指着桌子或椅子来骂她。她们的关系就像是陌生人一样冷淡而疏远。

唯有祖父，"眼睛永远是笑吟吟的。"给予萧红爱和温暖。他们一起在后花园中玩耍，栽花、拔草、摘黄瓜。祖父蹲在地上拔草，萧红就给他头上戴花。祖父脾气好，从来不生气，还经常讲笑话逗小萧红开心，常让萧红笑得直不起腰来。

萧红的文学启蒙，也是从祖父教她念诗开始的。"少小离家老大回，乡音无改鬓毛衰。"祖父解释给她听：这是说小时候离开家到外边去，到了胡子白了再回来，小孩子见了都不认识了。

萧红感到很害怕，忙问："我也要离家的吗？等我胡子白了回来，爷爷你也不认识我了吗？"祖父一听就笑了："等你老了还有爷爷吗？"还安慰她说，"你不离家的，你哪里能离家……"

萧红十八岁那年，祖父去世。祖父入殓那天，萧红在灵前大声号哭起来，喝了很多酒，跑到常和祖父一起玩耍的后花园，回忆起很多欢愉往事，突然明白："我想世间死了祖父，就再没有同情我的人了，剩下的尽是些凶残的人。"她想起每当父亲打了她，她就躲到祖父房里，祖父总会把多纹的双手放在她肩上，而后又放在她的头上，柔声安慰她："快快长大吧！长大就好了！"

二十岁那年，长大了的萧红，终于逃离了让她再无留恋的家，此生再也没有回去过，永远在苍凉的异乡大地上漂泊流浪。

（二）倔强地逃婚，然后绝望地返回

萧红从来不甘心成为一个平庸的人，即便遭受父亲的打骂、后妈的冷眼，也从没磨灭她内心的倔强与叛逆。

1926年夏天，萧红以优异的成绩从小学毕业。她渴望接受更好的教育，提出想去哈尔滨继续上学。家里人却都极力反对，连思想还算开通的大伯父也说："不用上学，家里请个先生念念书就够了！哈尔滨的学生们太荒唐。"还说，"女学生们靠不住，交男朋友啦，恋爱啦，我看不惯这些。"萧红坚决不妥协，大喊道："不让我上学，我便出家！"

家里人真怕萧红出家去当修女，给他们呼兰名门张家丢脸，只好勉强同意她外出求学。

来到哈尔滨，一下子迈入了充满进步思想的新环境，萧红贪婪地吸取着新知识。她学习画画、在校刊上发表诗作、积极参加反帝爱国运动，成为学校里小有名气的才女，逐渐成长为独立自强的新时代女性。

但此时，父亲自作主张给她订了门亲事，对方是当地小军阀的公子汪恩甲。父亲希望萧红毕业之后，能立即回来和汪公子成亲。可是，接受了"五四"新思想的萧红，不愿当"洗手作羹汤"伺候人的小媳妇，满脑子想的都是追求自由和进步，向往着更为辽阔的新天地。

于是，她逃婚了。

汪家人大感愤怒，觉得萧红的逃婚让他们家蒙受了羞辱，一怒之下告到法庭解除婚约。萧红则被拉回乡下老家软禁毒打，伯父甚至扬言要把她勒死埋掉。还是在好心小婶的帮助下，萧红躲在一辆卖白菜的马车上，才逃出这牢笼般的家庭。父亲气得直跳脚，召集家人宣布开除萧红族籍，勒令大家不得再与她来往。贫饿交加的萧红被亲姑姑拒于门外，投靠亲人无门，只得在天寒地冻的哈尔滨街头流浪。

然而命运总是如此荒悖弄人，当她走投无路的时候，在哈尔滨的街头，她再次与汪恩甲相遇。她只穿着一件夹袍、一条绒裤、一双透孔的凉鞋，蓬乱着头发，面带饥色，好像好几天没有洗脸，样子非常狼狈。汪恩甲很吃惊："我以为你逃婚之后，会过着安心日子，可是你现在怎么……"

萧红的眼泪在眼眶里打转："我举目无亲，又找不到工作，只能沦落成这样。"

汪恩甲动了恻隐之心，带她去了旅馆，给了她一杯热水、一顿饱饭，然后，他们同居了。兜兜转转，经过这么多波折，萧红又转回了原点。

鲁迅曾说："人生最苦痛的是梦醒了无路可以走。""自由固不是钱所能买到的，但能够为钱而卖掉。"

萧红的命运正如《娜拉走后怎样》中娜拉的命运一般："娜拉醒了，娜拉走了，但耗不过这混乱的世道，她回来了。"

（三）与其说英雄救美，不如说美人成全了英雄

1931年9月18日，日本人制造"九一八事变"，一夜之间，沈阳

陷落。

1932年2月5日，日军占领哈尔滨。

时局动荡不安，东北人心惶惶。此时的萧红和汪恩甲，正同居于哈尔滨东兴顺旅馆，萧红怀上了汪恩甲的孩子。可汪恩甲竟抛下萧红，不辞而别，从此再没有音信。旅馆老板因二人还拖欠大笔房租，将萧红轰到一间储物室软禁起来，想等她把孩子生下来后，再把她卖到青楼抵债。

聪慧倔强如萧红，绝不可能坐等命运的摆布，她写信向《国际协报》副刊的裴主编求援，诉说了自己的苦难，文字寂寥哀怨，十分动人。裴主编非常同情萧红，但一时半会儿筹不出那么多钱来救她，只得委托手下的主笔萧军，带上回信和几本书，去旅馆探望萧红。

这是一场宿命般的相遇。

萧军敲开了门，闯进了萧红那充满霉味的房间，本来想送完东西立刻动身返回，却被萧红的才学所俘虏。他们二人从萧红的遭遇，一直聊到诗歌、书法、绘画。电光石火之间，这个参过军、习过武、念过军校、文武双全的东北硬汉，英雄主义情结发作："出现在我面前的是我认识过的女性中最美丽的人！也可能是世界上最美丽的人！""我必须不惜一切牺牲和代价，拯救她！拯救这颗美丽的灵魂！"

离开时，萧军指着桌上的半碗高粱米问："这就是你的饮食？"萧红漠然点头。

萧军心头一酸，忙把身上仅有的五角钱放在桌上："拿着买点东西吃吧。"然后道别离开，步行了十里路回家。

自此以后，萧军常来探望萧红，然而萧军也是穷光蛋一个，找不出钱来替萧红还债，只得另觅营救的方法。天无绝人之路，这一年8月，哈尔滨连日暴雨，松花江决堤，以致城区沦为一片泽国。洪水吞没了东兴顺旅馆一楼，旅馆老板已经无暇他顾。萧军趁夜里租了一条小船，划到萧红窗边，利用绳子偷偷把她救了出来。萧红依偎在萧军的怀里，明白他俩的命运从此将纠缠在一起。

美人遭难，英雄救美，这是许多三流小说中的烂俗桥段。但这一次营救，没有让萧红沦为萧军辉煌人生中的配角，反而使得萧红由逆境奋起，靠着自己的天赋与努力，成功让自己的光芒盖过了萧军，成为民国时期文坛一颗耀眼的明星。

（四）面包会有的，理想也会有的

从东兴顺旅馆逃出后，萧红和萧军很快确定了恋爱关系。

在医院，萧红产下一名女婴，但萧红知道自己生活窘迫，无力养活孩子，据说六天没看孩子一眼，六天没喂孩子一口奶，心底流着泪，心一横，把孩子送了人。出院后，萧红和萧军暂住进了裴主编家，但萧军脾气暴躁，因小事和裴家闹了矛盾，不仅被裴家赶出了门，萧军还丢掉了在《国际协报》的工作。他们只好住进白俄人开的欧罗巴旅馆。

旅馆的铺盖要另收钱，因付不起钱，房东收走了铺盖，他们只得合着大衣紧紧抱着取暖入睡。渴了，他们用大脸盆喝水；饿了，拿黑面包蘸着盐吃。萧军经常挨着饿，冒着大风雪外出找工作，想办法弄食物，但到了傍晚归家，除了满身雪花以及冻僵的身体，几乎一无所获。

尽管生活清贫，经常挨饿受冻，但他们从不绝望气馁，互相扶持，永远对生活充满希望。终于，皇天不负有心人，萧军找到一份家教工作，教哈尔滨一位王姓处长的儿子武术，有了每个月20块钱的稳定收入。此后，萧军每天外出工作，而萧红在家做饭、打扫、洗衣服。

可她心中也有一份倔强气，不情愿只当个平庸的家庭主妇。通过萧军的关系，她也进入了当时哈尔滨的文学圈子，受了左翼文艺思潮的影响，决定以老家佃户的悲惨经历为素材，创作短篇小说《王阿嫂的死》。

小说一经发表，立刻受到文学界瞩目。萧红大受鼓舞，灵感迸发，短短半年之内，又陆续创作了十几篇小说散文。由于作品大受欢迎，萧红和萧军的小说被一同集结起来，收录进《跋涉》一书。东北作家王秋萤回忆说："自从他们的小说《跋涉》出版了以后，不但'北满特别区'，甚至轰动了整个满洲文坛，读者好评如潮。"

然而《跋涉》仅印了一千本，刚刚开始委托商场代售，就被伪满政权查禁。一时间，日本宪兵队要抓人的谣言四起。萧红还没来得及享受成功的喜悦，就因这个结果而深受打击。而同时，东北的形势越来越不容乐观。萧红和萧军一些文艺界的朋友被日本人抓进了监狱，有的甚至被枪决，萧红、萧军也被日本宪兵跟踪监视。考虑到自身的安全，东北他们是待不下去了，在朋友的帮助下，他们逃出哈尔滨，逃往关内。

从此，白山黑水成为萧红魂牵梦萦但永远回不去的故土。命里注定，她会一世飘零。

（五）"鲁迅先生像我的祖父一样……"

1934年，萧红和萧军辗转来到上海。十里洋场、灯红酒绿的上海滩，两个乡巴佬看得目瞪口呆。然而生活的窘迫，从哈尔滨千里迢迢，也跟着他们追来了上海。两个走投无路的年轻人，想到了住在上海的青年导师鲁迅，只有厚着脸皮给鲁迅先生写信，提出借钱和帮忙找工作的要求。鲁迅收到信后及时回信，并给了二人很多帮助。

萧红后来回忆说："我们刚来上海的时候，在冷清清的亭子间里，读着他的信，只有他才安慰这两个漂泊的灵魂。"

二萧把鲁迅视为恩师，被鲁迅引进上海的文学圈子，从此走上了文学的坦途。相比于萧军，萧红更受鲁迅赏识。鲁迅亲自为萧红的小说《生死场》作序，称赞这部小说反映了"北方人民对于生的坚强，对于死的挣扎"，评价她为"中国最有前途的女作家"。

二萧将家搬到离鲁迅家更近的永乐里，经常上门去拜访，聆听鲁迅先生教诲。萧红的生活慢慢好转起来，人也变得开朗了许多，经常讲很多北方趣事，常逗得鲁迅先生哈哈大笑，笑得咳嗽起来，连卷烟都拿不住了。渐渐地，萧红和鲁迅二人的关系越发亲密起来。

朋友李洁吾对萧红说："鲁迅先生对你真像是慈父。"

萧红听罢，立即反驳："不对！应当说像祖父一样……"

这个从小缺乏父爱的女孩，在鲁迅先生这里，再度体会到祖父般温暖的感觉。萧红穿了件时髦的红衣服，会高高兴兴地跑去问先生："周先生，我的衣裳漂亮不漂亮？"仿佛又变回曾经那个在祖父面前撒娇的孩子。

后来她和萧军在情感上出现了裂痕，一时间心情抑郁，无处可去，常常独自跑去找鲁迅先生聊天，甚至让鲁迅的夫人许广平很不开心，向友人抱怨萧红来得太频繁，打扰了他们一家人的生活作息，还连累鲁迅病情加重。

然而晚年的鲁迅，却对他这位得意女弟子的到来感到高兴。萧红走进他的卧室，他会迅速从转椅上转过来，微微站起来，一边点头一边开玩笑说："好久不见，好久不见！"其实他们上午刚见了面。

鲁迅去世以后，萧红强忍着心中的悲痛，写下不少纪念先生的文字。论者皆以为，在所有写鲁迅的文章中，萧红的作品写得最好，她甚至比鲁迅的终身伴侣许广平更懂得鲁迅，更了解鲁迅的内心。

古来圣贤皆寂寞，能懂圣贤之心的人，虽非圣贤，但也绝非凡人。鲁迅的眼光没有错。萧红此生用才学和对劳苦民众的悲悯情怀，证明了她就是鲁迅精神的传人。

（六）不当躲在男人背后的小媳妇

在哈尔滨时，萧军曾这样表达过自己的恋爱观："爱便爱，不爱便丢开。"

萧红问："要是丢不开呢？"

萧军说："丢不开就任他丢不开吧。"

萧军有严重的大男子主义思想，注定了萧红和他只可共患难不可同富贵。来到上海后，他们经济上宽裕许多，事业上都有大进步，但两人的关系却时好时坏，阴晴不定。萧军脾气暴躁，喝了酒之后，往往因为一些小事对萧红家暴。

一次，朋友发现萧红眼角有伤，忙问怎么回事。萧红掩饰说："我自己不加小心，昨天跌伤了。"

萧军在一旁说："干嘛替我隐瞒？是我打的。"

更甚的是，萧军身边从不缺乏仰慕他的女人，而他对于这些投怀送抱的女人，也几乎从不拒绝。甚至萧红的一位朋友在萧红远赴日本期间，和萧军发生过一段热恋，还为萧军堕过胎。而且同为作家，萧军很自负，觉得自己才华高于萧红，对萧红那种"碎碎叨叨女人写的东西"看不上眼。但鲁迅、胡风等文艺圈内的很多大咖，都特别欣赏萧红，萧军其实非常不服气，免不了逮着机会要讥嘲一番。

萧红受不了家暴、不忠、讥笑，但想起往日萧军对她的种种情义，一时半会儿又丢不开这份深厚的感情。然而动荡的时局，不允许萧红花太多的时间考虑情感问题。

1937年，日军开始全面侵华，很快，战火烧到了上海。萧红和萧军只得又开启新的流浪旅程。在山西临汾，日军将要逼近的危难时刻，萧红和萧军两人的情感终于走到尽头。萧军想要留在山西，去五台山参加抗日游击队。

萧红很生气："你这简直是个人英雄主义，你一个作家去逞什么强打什么游击？"萧红目睹过日本飞机狂轰滥炸的景象，也曾愤怒地拿起笔来，以笔为武器，写文章控诉日本帝国主义的罪恶。但她觉得抗日要"各尽所能"，作家写好文章，就是对抗日的大贡献。

因理念不合，二人为此大吵起来。萧军最后断然说："我们还是各走各的路吧……"于是，临汾车站，萧军送梨告别，二萧就此分手，此生再也没有见过面。萧军后来说："她单纯、淳厚、倔强、有才能，我爱她。但她不是妻子，尤其不是我的！"

葛浩文评价萧红说，在多年的艰苦生活中，萧红已经培养出了强烈的女权思想倾向。萧红有自己的理想和信念，不会只是个永远站在男人身后，逆来顺受的小媳妇。

（七）"我只是想过正常老百姓式的夫妻生活"

二萧分手以后，萧红决定和端木蕻良在一起。端木蕻良也是东北作家，但与萧军不同，他出身富贵，性格温和细腻，而且自从认识萧红之后，就一直很仰慕她的才学。但苦于萧军是他的朋友，一直不敢越雷池半步，剖明心迹。而如今萧红怀着萧军的孩子，端木却坚持要给萧红一个名分，这让萧红感动得热泪盈眶。

尽管端木的家人十分反对，二人的婚礼仍照常在武昌举行。萧红虽然大着肚子，但穿上自己亲手缝制的礼服，容光焕发，和文质彬彬的端木看起来十分般配。来宾在婚礼上嚷了起来："请两位新人讲讲你们的爱情经历吧。"

萧红答道："我和端木没有什么罗曼蒂克的恋爱史，我对端木没有什么过高的要求，我只是想过正常老百姓式的夫妻生活。没有争吵，没有打闹，没有不忠，没有讥笑，有的只是相互谅解、爱护、体贴。"

而也正如她所愿，和端木结婚后，再没有那么多无聊的争吵，萧红获得了一方清宁，也进入了她创作的第二春。她的《呼兰河传》《马伯乐》，都诞生于这个时期。

然而端木和萧军，恰似两个极端。端木虽然性格温和，但有些公子哥的脾性，少了些担当，大小家务都不会做，因此全落在萧红身上。甚至端木动手打了仆人闯了祸，都是萧红出面去处理。

日军向武汉进攻时，萧红和端木只买到一张逃去重庆的船票。萧红让端木先走，说："要是我走了，你一个人留在这儿，我还真有点不放心呢。"然后，端木真的就自个儿先走了，把大着肚子的萧红留在了兵荒马乱的武汉。当她后来逃离武汉，来到重庆，产下男婴，孩子却夭折了。萧红因为早些年挨饿和两次生育，落下了不少病根，身体一直很差，家庭和事业还要一肩挑，难免感觉到身心俱疲。朋友靳以回忆说："她和D（指端木）同居的时候，怕已经在人生的道路上走得很疲乏了。"

然而，经历了这么多艰难坎坷，萧红从需要被男人拯救的弱质女流，摇身变成坚强勇敢的独立女性，她倔强地撑起了这片属于她自己的天空。

（八）“我将与蓝天碧水永处”

1941年，香港。萧红已积劳成疾，卧床不起，她的《马伯乐》却还没来得及写完。与此同时，太平洋战争爆发，日军开始进攻香港。萧红一直在异乡飘零，这回再也没有力气离开了。

1942年1月，萧红被庸医误诊为喉瘤，开了刀，没见好转，却再也说不出话来。她拿出笔来，在纸上写道：“我将与蓝天碧水永处，留得那半部红楼给别人写了。”又写：“半生尽遭白眼冷遇……身先死，不甘不甘。”在她生命最后的44天，她的丈夫端木蕻良经常不见踪影，一直陪伴在她身旁的，是一个叫骆宾基的年轻人。萧红最后完全陷入昏迷，死在了骆宾基怀里。

祖父、鲁迅先生都已经先她而去，汪恩甲、萧军、端木都不在她身边。她生得寂寞，活得倔强，死得孤独。短短三十一年的人生，面临着我们当代人不敢去细想的可怕困难，却活出了很多人几辈子才有的精彩。

萧红曾说：“我一生最大的痛苦和不幸，都是因为我是一个女人。”但在那个给女人套上紧箍的旧时代，尽管她在泥泞的人间艰难跋涉，一路走来，遍体鳞伤，却最终把自己的名字，永远地刻在了文学的万神殿中。

这是她一生的故事，是她的不幸，却是中国近现代文学的幸运。

YONG GUDU HE
SHIJIE DUI TAN

梁启超

中国
精神之父

文/金水

生　平： 梁启超（1873–1929），字卓如，号任公，又号饮冰室主人。广东新会人，中国近代著名思想家、政治家、学者，戊戌变法主要领导者。在文学、史学、佛学等多方面有全方位的成就，是二十世纪前二十年举足轻重的领袖人物。

代表作：《饮冰室合集》。

名　言： 美哉，我少年中国，与天不老！壮哉，我中国少年，与国无疆！

推荐语： 看过梁启超，你才发现一个人可以博学到何种地步；懂得梁启超，你才发现一个人读的书多，确实可以改变一个国家、一个时代。

引子

别人读书，是为了考取功名；他读书，是为了粉碎功名。别人从政，只能掩埋于历史；他从政，却缔造了历史。别人做学者，最多做到教授级别；他做学者，却做到了“教授的教授”级别。别人一辈子能做好一件事，已经功德圆满；他一辈子几经易辙，却把每件事都做得登峰造极，开天辟地。

二十世纪前三十年，中国影响力最大的是两个广东人：一个叫孙中山，开创了中华民国；另一个人，他提出了“中华民族”的概念。

他，是梁启超。

（一）我家有子初长成，广东的咸鱼要翻身

“余生太平天国亡后十年，清大学士曾国藩卒后一年，普法战争后三年，而意大利建国罗马之岁也。”这是梁启超在自述自己出生时候的一段话。飒飒笔法当中，隐隐然有种气势：我的出生，与古今中外的大事一样，都将成为历史中的一件大事。

在如此霸气的年份出生的梁启超，小时候确实也是一个神童。比如对对联这种小事，梁启超从来不用多想。有次父亲的朋友来了，给他出了个上联：饮茶龙上水。梁启超眼睛都不眨，说：“写字狗趴田。”朋友震惊，再来一个：“东篱客赏陶潜菊。”梁启超

摇头晃脑地说："南国人思召伯棠。"（召伯是古代的仁人，曾在海棠树下裁决断案。）朋友击节赞叹："这小子，是个大才。"

祖父和父母看着灵性的孩子，都乐坏了，因此对他的要求更高。梁启超十岁的时候，父母就要他去广州应童子试。当时从新会去广州，要走三天水路。一船的人都惊呆了：所有人都比这个十岁的小孩大，有的人甚至已经四五十岁。吃饭的时候只有白米饭、蒸咸鱼，于是有人提议用咸鱼来作诗对对子。一船人都难住了：咸鱼这种俗品，难登大雅之堂，怎么作诗能高雅起来呀？

梁启超看看周围的人都在犯难，于是率先说了一句："**太公垂钓后，胶鬲举盐初。**"（胶鬲和姜太公一样，也是商朝人，只不过被纣王贬谪，不得不隐居卖鱼，后来被周文王赏识提拔为相。）同船的人再度震惊，再也没人敢小看这个小不点。后来的人评价梁启超的这一句对联："**广东咸鱼从此翻身，入风流儒雅一类了。**"

其实岂止是广东的咸鱼，多年以来，广东文人在全国都没什么影响力，现在机会来了，梁启超仿佛注定了要帮这个地方"咸鱼翻身"，扬眉吐气。

（二）闻君一声狮子吼，悟彻诸天

梁启超虽然是个神童，早年却也和一般人一样：读书是为了什么？科举。科举是为了什么？功名。功名是为了什么？光宗耀祖。

仅此而已。

但人生何幸，他遇上了康有为，原本迷茫的生命天际裂开一道缝，光明才透进来了。梁启超初次见康有为的时候，康有为就"以大海潮音，作狮子吼"，给他讲了十多个小时，条理清晰，偶尔引入西方文化阐述，切合现实针砭时弊，然后又回到孔子之道，入则深入，出则浅出。

梁启超听得如痴如醉，“冷水浇背，当头一棒”。先是茫然不知所措，“且惊且喜，且怨且艾，且疑且惧”，继而翻出困局，悟彻诸天，境界一时豁然开朗。他从小做学问、考科举的那种书呆子念头，全部被震碎了。回去以后，他决定从原来的学校退学，一心一意跟着康有为学习。

而康有为也非常满意这位学生，把自己平生最得意的两部著作——《新学伪经考》和《孔子改制考》，都交给梁启超参与校勘、编撰，还让他代替自己去外地讲学，建立名声。天才如梁启超，很快就超越了康有为。

1895年，师徒两人一起进京参加会试。主考官早就听闻康有为要来考试，之前他就对康有为的主张非常有意见，于是下令众考官，凡是措辞和文风很像康有为的，一律不予录取。结果梁启超文采斐然，见解深刻，完全像出自康有为之手，本来可以名列三甲的，结果被这条不成文的潜规则给害了，名落孙山。而康有为本人，居然高中进士第八名。

当时梁启超已经无心功名了。在他心中，变法救国的梦想已经形成，一人的得失算不了什么，最重要的，是开启民智，变法图强。最终，梁启超和老师一起领导的维新变法开始了。

（三）只恐少年心事，强半为销磨

维新变法最终失败了。梁启超甚至做好流血牺牲的准备了。

当他听到官兵已经到康有为家中搜捕的时候，他匆匆赶到了当时的日本驻北京公使馆，求见当时的日本驻华代理公使林权助。当时他脸色苍白，急忙要来笔和纸，要和对方笔谈，因为怕自己的广式普通话对方听不懂："我可能三日内将要遭遇不测了，请您不忘旧交之情，帮我完成两件事。我的生命早就准备献给祖国，毫无可惜。"

林权助一听就知事态紧急，连忙问他什么事。梁启超神色凝重地说："一、救光绪皇帝。二、救我师父康有为。"危急关头，梁启超先想到的，是不负自己的理想，也不负自己的老师。林权助立马说："你为什么要去死呢？什么时候你都可以到我的地方来，我救你啊！"梁启超没说什么，只是暗暗落泪。当时逗留在北京的日本前首相伊藤博文一听到梁启超有难，马上指示林权助说："姓梁的这个青年是个非凡的家伙，救他吧！而且让他逃到日本去。到了日本，我帮助他。梁这个青年对于中国是珍贵的灵魂啊！"

林权助帮梁启超化妆逃出了北京，离开中国，东渡日本，开启了流亡生涯。要描述他这时的心境，用他在甲午战争失败之后写就的一首词就好了：

"千金剑，万言策，两蹉跎。醉中呵壁自语，醒后一滂沱。不恨年华去也，只恐少年心事，强半为销磨。"

（四）吾爱吾师，吾更爱真理

人生总是在不幸的时候赐予你幸运。梁启超虽然流亡日本，日子过得很苦，但也有一大幸事，那就是他再也不用通过老师康有为的介绍才能接触西方最先进的思想，他能直接接触到了。更重要的，是他结交了孙中山。

没去日本之前，梁启超还在上海办报纸的时候就听过孙中山的革命运动。章太炎曾经问他觉得孙中山怎样，梁启超说："孙氏主张革命，陈胜吴广流也。"恰好当时日本宪政党的党魁犬养毅是梁启超和孙中山共同的朋友，于是他出面，邀请了他们在他的寓所见面。梁启超见了孙中山，对他的言论非常认同，大有相见恨晚的感觉。

1899年，梁启超召集齐十二个同门师兄弟，在日本镰仓江之岛结义，谋求革命反清。他们联合孙中山，两派合作成立组织，并且推举孙中山为会长、梁启超为副会长。梁启超问："中山先生当会长，我当副会长，那我的老师怎么办？"孙中山回答："弟子为会长，那么弟子的老师，地位岂不是更加尊贵吗？"哦，也对。梁启超也没话说了。

（五）"中华民族"

梁启超虽然没话说，康有为却非常生气。他的弟子来报，他最得意的门生梁启超跟孙中山走得非常近，居然还要把他架空，都快要合成一派了，他气不打一处来。康有为自恃"帝师"，是很看不起孙中山的。于是他发电报叫梁启超马上离开日本，去檀香山组织保皇会。

作为一个尊师重道的好学生，梁启超还是马上动身去了檀香山。孙中山觉得没关系，还写信介绍他认识自己在檀香山的大哥孙眉。去到檀香山之后，梁启超打出了保皇会的旗号：名为保皇，实为革命。在梁启超的巨大名声帮助下，一下子就筹到了十万银元的款项。

后来孙中山自己到檀香山募款，却只募到两千银元，他不禁责备梁启超借着革命的口号，却行保皇之实，消耗了海外华侨的民气，也背叛了当初大家共同的誓言。

其实这就是梁启超：保皇也好，革命也好，他考虑的，始终是哪一种方法对中国最好。如果两种都好，那就把它们糅合起来。早在1902年，梁启超写了一篇文章《论中国学术思想变迁之大势》，正式提出了“中华民族”这个概念。后来他进一步解释：中华民族自始本非一族，实由多民族混合而成。

也就是说，梁启超是历史上第一个将汉、满、蒙等多种民族糅合起来的人，“中华民族”这个词凝聚了他对中国未来的思考：既然多种民族都是中国人，那么革命党人的排满主义是不对的；革命党、立宪派和满清政权的开明贵族，完全可以万众一心，为一个美好中国而奋斗。

（六）“如果复辟，就是叛国”

梁启超在海外流亡了十四年，在外国人眼中，梁启超甚至可以代表中国的形象。辛亥革命之后，袁世凯一再邀请他加入自己的政府，担任法务总长。梁启超想：“既然皇帝完成不了自己的志向，没准这个大总统还是可以的。”

于是他满怀憧憬，回到祖国。梁启超在给女儿的信中掩不住得意：得知自己回国的消息，全国欣喜若狂，自己成了北京的中心，每个人都围绕在他身旁，好像天上无数的星星拥戴北斗星一样。

袁世凯还是暴露了他的狼子野心，组织“筹安会”准备做皇帝。他最怕的是梁启超的笔，所以不遗余力去笼络、贿赂梁启超。但梁启超算是认清了这个人，愤然道：“如果复辟，就是叛国！”并且马上和他最得意的弟子——云南军阀蔡锷商量，“再造共和”。

首先，梁启超发表了《异哉所谓国体问题者》，痛斥袁世凯，举国震动。蔡锷此时在北京，假装公开表态说：“我们先生是书呆子，不识时务。”“但书呆子不会做成什么事，何必管他呢。”蔡锷先稳住了袁世凯的心，让袁世凯以为他不会和他的老师一起反对。但蔡锷不久就乔装出京城，密会梁启超。

蔡锷见到老师，一时愤慨："我们明知力量有限，未必抗得过他，但为四万万人争人格起见，非拚着命去干这一回不可！"于是师徒约定：**"今兹之役若败，则吾侪死之，决不亡命；幸而胜，则吾侪退隐，决不立朝。"**大有壮士一去不复还的英雄气概。

此后，蔡锷趁袁世凯不备，借口去日本养病，实则偷偷返回云南，举起护国战争的大旗。而梁启超对战事也非常着急，实在不想光留在安全的地方等消息。他在日本军官的帮助下，乘坐日本邮船南下。为了躲避袁世凯的追杀，他只得日夜蛰伏在舱底用来贮存邮件的小房间。房间旁边是邮船的锅炉，日夜运作不停，梁启超每天都挥汗如雨，呼吸困难。只有到了深夜，他才敢偷偷爬到船板上，透一口气。为了抵达目的地，梁启超不断伪装，日夜兼程，提心吊胆。其间，他患上了一种极危险的热病，差点就客死异乡。

经过九死一生的跋涉，他终于到达广西，和蔡锷一起领导反袁战争。而袁世凯，最终在举国的讨伐之下走上末路，结束生命。

（七）书生一笔，乾坤大定

护国运动结束后，民国的乱局一塌糊涂，梁启超无心从政，准备就此退隐，但他还需要最后出一次手。他的老师——康有为在袁世凯取消帝制短短几个月过后，就祭出了他的复辟主张："行虚君共和为最良法。"康有为想扶持对他有知遇之恩的满清皇帝。

面对自己的老师，梁启超也毫不客气："此次首造逆谋之人，非贪黩无厌之武夫，即大言不惭之书生，于政局甘苦，毫无所知。"

康有为怒了，没想到昔日乳臭未干的学生，现在居然来反对自己，当即写诗回骂："鸱枭食母獍食父，刑天舞戚虎守关。"一个公开称老师"大言不惭"，一个称弟子是食父食母的妖魔，曾经情同父子的师徒两人正式决裂。

决裂就决裂吧，此时的梁启超，早已不是以前那个唯唯诺诺的小学生，而是指导整个反对复辟联盟的谋主和文胆。复辟辫子军浩浩荡荡开过来，梁启超的战斗檄文一篇一篇传出去，他那种四六骈文的铿锵有力，淋漓尽致地发挥出来了：在他笔下，主持复辟的张勋，变成了蠡贼、垃圾；他带领的复辟军队则成了丑类、土匪、凶党。

这些文章的影响，早就有学者总结出来了，非常精彩：清朝皇室挨飞机轰炸过后，再看到这样的檄文，早就打退堂鼓了；众遗老争先恐后，逃离北京；徐州的辫子军将校，见大事不妙，声明跟张勋脱离关系；在京的辫子军，则被人轻易收买了。仗打到一半，大半兵力已经投降，复辟势力，基本瓦解。（张鸣，《共和中的帝制》193页，当代中国出版社，2014年）

谁说书生百无一用？梁启超作为天下仰望的启蒙知识分子，他的一支笔，往往能震慑乾坤，扭转大局。

从政时的梁启超，经过了许多次大变，有人说他善变。他自己的话说得最清楚：**"我为什么和南海先生（康有为）分开？为什么与孙中山合作又对立？为什么拥袁又反袁？我的中心思想是什么呢？就是爱国。我的一贯主张是什么呢？就是救国。我一生的活动，其出发点与归宿点，都是要贯彻我爱国救国的思想与主张，没有什么个人打算。"**

梁启超是善变的，但他的善变是跟着时代而变，他不过是尽了一个知识分子能做到的对国家、对民族的责任。

（八）“启超是没什么学问的”

经历过“倒袁运动”、反复辟事件，梁启超意兴阑珊，从此真的金盆洗手，不再从政。他先是出游欧洲，更加详尽地考察西方文明，两年后回国，致力于教育和著述。实际上，梁启超从年轻时开始，就办过很多报纸，发表政论，也到过很多地方讲课、演讲。二十世纪初的中国年轻人，鲜少没受过梁启超影响。

毛泽东少年时代读到梁启超主编的《新民丛报》，经常读得如痴如醉，甚至改了个笔名叫“学任”，任公就是梁启超的号。

梁启超演讲的时候，用的是标准的广式普通话——不标准的国语，通常开始的第一句话是：“启超是没有什么学问的——”眼睛向上一翻，轻轻点一点头，又说，“可是也有一点喽。”这种既谦逊又自负的神态，也只能梁启超才有了。

好的学者，都是用自己的生命去理解学问，将学问化作自己的生命。梁启超做学问，往往做到“一往情深”的地步。

梁实秋记载过梁启超的一次讲课，可见他对学问的通透：当时他在演讲，“手之舞之足之蹈之，有时掩面，有时狂笑，有时太息。”讲他最爱的《桃花扇》的时候，讲到“高皇帝，在九天”，他居然悲从中来，痛哭流涕不能自已，搞到台下的学生都被他感染了，纷纷落下泪来。

讲“剑外忽传收蓟北”，先是号哭，继而拍手大笑，声音高昂，仿佛捷报真是传到他面前一样。

当时清华大学筹划建立国学研究院，校长曹云祥本来想请胡适任教，胡适觉得自己不合适，他说要请一流的学者，一定得请三位大师：梁启超、王国维和章太炎。作为当时最优秀的学者之一，梁启超担任国学院导师，没有人非议。后来，梁启超和王国维、陈寅恪、赵元任并称为“清华四导师”，号称“教授中的教授”，引领了一代国学研究的高潮。

其中的陈寅恪，当初没有学历、文凭，也没有名声，但梁启超慧眼识珠，一定要将他请到清华大学来。如此厚待，陈寅恪应该对他毕恭毕敬才对吧，他却在学术问题上和自己的恩人杠上了。

比如，在陶渊明弃官归隐这件事上，梁启超看来，这是因为陶渊明不肯与当时的士大夫同流合污，把自己的人格丧失掉。陈寅恪却认为，陶渊明是东晋时人，东晋亡后，他“耻事二姓”才是归隐的真正原因。而且，陈寅恪还就此批评了梁启超，暗讽他既侍奉清朝，又入仕民国的做派。

有好友劝他：“梁公对你有知遇之恩，你这样做，就不怕别人说你忘恩负义？”陈寅恪淡然笑答：“错了，我这样做才是对梁公最大的尊重，也才没有辜负他对我的赏识和抬举。”被人嘲笑是“引狼入室”，梁启超只是淡然一笑，然后答道：“无论是批评陈寅恪还是讥讽我的人，都把我们看得太小了。”

的确，无论是像陶渊明、陈寅恪那样坚守初心、不事二姓的做法，还是梁启超那样敢于改变、但求务实的作风，都不过是捍卫了自己始终如一的人格。这种学术的人格，哪里能够为大多数人所理解？

有学生曾经问梁启超：“老师，我们的国粹将亡了啊，怎么办？”梁反问：“什么叫国粹将亡？”学生说：“先生，你不见今天读经的人已经很少了吗？”梁启超闻声大怒，拍案而起，说：“从古至今，都是这么少，我们的国粹还是没有亡！”

梁启超和他那一代的学者，无论是做学问，还是论人格，都是那么自信和动人。

（九）愿替众生病，稽首礼维摩

梁启超曾有名言："万恶懒为首，百行勤为先。"他为了写文章、做学问的那股狠劲，非常人能比。有人统计过，在梁启超不到六十年的人生中，他居然写下了1400多万字，平均每天要写5000多字，涵盖各个方面，包括学术史、文学史、佛学、历史、哲学。比如，从上海逃往广西参加护国战争的时候，他生了一场大病，病好之后两天两夜没合眼，写就了一本两万字的《国民浅训》，为战争呐喊。这还不是一次两次。才思敏捷的梁启超，写文章常常是一写几万字甚至十几万字，连续几天不眠不休，写完才休息。

而且他写文章的时候不仅是写文章，他还要"五官并用"。有一次他的学生到他家里去请他写几个对联，刚要动笔，梁启超吩咐助手说："你明天九时到王先生家去送一封信。"刚写了两个字，儿子又来告诉他"有电话"，他听说来电内容后马上就答复要回什么话，让儿子去回，此时他手中的笔还没停过。家人送信过来，他吩咐家人读信，他边听边写，听完之后还说了回信要怎么回。接着家人送来早点，他眼睛稍稍瞄了几眼，边写边说："这个不要，那个再加一点。"学生看到这一幕幕真是惊呆了，生怕老师写错字。但事实证明：梁启超写的对联，一个字都没错过。

梁启超自述："我每天除了睡觉，没有一分钟一秒钟不是在积极地运动，然而我绝不觉得疲倦，而且很少生病，因为精神上的快乐，补得过物质上的消耗。"但这样一心几用、长期劳碌，生活没有规律，又抽烟又喝酒的，其实已经让他的身体有点吃不消——晚年他患上了尿毒症。

当时西医刚进入中国，很多人不相信西医，众人劝他用中药，但他笃信科学，一心要让西医在中华大地开花结果，坚持要看西医。熟悉他的人就说：既然你那么喜欢西医，那就去欧美看名医吧，中国的西医毕竟刚起步。梁启超也不去，想为中国西医树立名声，于是进了北京协和医院。

他病情最严重的时候，需要割除右肾。手术以后，梁启超的身体还是虚弱得不得了。结论是：这次西医手术的治疗方案完全是错误的。消息传出，举国震动。梁启超这样的民国大师，被西医医成这样，以后还能看西医吗？

梁启超急了，急忙发表了一篇英文文章：《我的病与协和医院》，毅然捍卫了协和和西医的名声："右肾是否一定要割，这是医学上的问题，我们门外汉无从判断。据当时的诊查结果，罪在右肾，断无可疑。""出院之后，直到今日，我还是继续吃协和的药，病虽然没有清除，但是比未受手术之前的确好了许多。""我们不能因为现代人科学知识还幼稚，便根本怀疑到科学这样东西。"

梁启超爱国心切，完全是为了国人能够接受进步的事物。可以说，直到生命的最后一刻，他想到的还是启发民智。三十年前，他不能和谭嗣同一起，为变法流血牺牲，慷慨赴死；三十年后，他宁愿牺牲自己，也不愿意让一个新生事物的名声毁坏。

（十）无字碑

梁启超死后，他的儿子梁思成和儿媳林徽因为他设计了墓碑——墓主体是黄色花岗岩结构，两通汉白玉石碑上只写着梁启超和夫人的名讳，对于梁启超生前的事迹，一个字都没有。

这其实是梁启超本人的意思，不留墓志，不做评价：

"知我罪我，让天下后世评说，我梁启超就是这样一个人而已。"

YONG GUDU HE
SHIJIE DUI TAN

梁思成

不仅是梁启超之子、

林徽因之夫，

更是 独一无二的 建筑大师

文 / 韩十二

生　平：梁思成（1901—1972），广东新会人，梁启超长子，毕业于清华学校及美国宾州大学建筑系。一生致力于中国古建筑的调查研究，是东北大学和清华大学建筑系的开创人物。中央研究院第一届院士，曾参与人民英雄纪念碑、中华人民共和国国徽等作品的设计。这是一个祖师爷级别的人物，寂寂无闻的中国古建筑史首次被他揭开大幕，现代中国的建筑教育亦是由他开篇。

代表作：《中国建筑史》，参与设计中华人民共和国国徽。

名　言：拆掉一座城楼，像挖去我一块肉；剥去了外城的城砖，像剥去我一层皮。

推荐语：要论中国建筑史研究的开山人物、古建筑保护的第一人，除了他，我保证你再找不出第二个。

（一）梁任公长子

1901年4月，二十八岁的梁启超在流亡东瀛之时，迎来了他的第二个儿子。因为“长子”的夭折，这个儿子被重点看护起来。为了让他茁壮成长，崇尚科学的梁启超听从了圆梦先生的建议，令全家改唤他为“二哥”。他就是梁家的长子梁思成。

家学不治顽皮，幼年时期的梁思成是个货真价实的“二哥”。梁启超称他为“不甚宝贝”的“淘气精”，屡屡在家书中叮嘱“大宝贝”长女梁思顺督促他练字、读书。他既是屁颠屁颠跟在姐姐身后的乖小孩，也是会往妹妹思庄的饭盒里放毛毛虫的淘气蛋。就连康有为庄重万分的剪辫仪式，他也要放鞭炮掺和一脚，吓他一吓。

但作为长子，梁思成无疑被父亲寄予极高的期望。事实上，他的人生之路，其主干道基本上是由梁启超规划的。1915年，梁启超将长子送进清华学校接受西式教育。随后，在他的有意安排下，梁思成和林徽因在他的书房中相识。后来按照他的建议，梁、林携手共赴美国宾州大学建筑系学习。两人毕业后，他还为梁、林规划了欧洲古建筑之旅，并为梁思成选定东北大学任职，让他去“吃苦”。

在梁任公的盛名之下，名门之后梁思成一直不缺“面包”，爱情有了，爱人还是万里挑一的，事业有了，而且是独一份的，任谁看来，他都是一个再好命不过的幸运儿。只不过，一切才刚刚开始。

（二）病痛的宠儿

梁思成生来便是个残疾。

襁褓时期，他的两条腿夸张地向外撇开，比所谓的外八字要严重得多。梁启超请来外科医生为他扳正，再用缠带缠紧他的小脚，然后放进一个特制的木盒里，矫正一个多月后才好转过来。这还不算，这个生就残疾的婴儿还体弱多病，吃药打针如同家常便饭。要不是家境还算优渥，恐怕他也和自己的“长兄”一样早早夭折了。

1923年5月7日，梁思成驾着去年大姐赠送的新摩托，赶赴天安门参加“五四国耻日”集会活动，车辆驶过南长街口进入主道时，被疾驰而过的陆军部次长座驾撞翻。后座的梁思永当场被撞飞出去，满脸鲜血直流，不过只是皮外伤，梁思成则被重重压在车下，造成右腿骨折，脊椎受伤。而肇事者只从车窗掷出一张名片，便绝尘而去。

如果被撞的人不是梁任公家的公子，恐怕这一场车祸会跟夏日的阵雨一般稀松平常，迅速雨过天晴。可惜，肇事者只是陆军部次长，比起大名鼎鼎的梁任公，实在不足道哉。

梁家得到了诚恳的道歉和应有的赔偿，车祸结束了，可梁思成的伤痛才刚刚开始，这些伤痛死皮赖脸地纠缠了他一生。

最初，医院给梁思成的伤情诊断是轻伤，并声明不需要动手术，严重延误了有效治疗时间。后来虽然连动三次手术，但梁思成的腿骨依然没能接好，也永远接不好了。在后来的年月中，他的右腿始终比左腿短一厘米。梁家的长子还是没能逃过最初的命运，成了瘸子。

而脊椎受伤所留下来的病痛折磨了他一生，使他后来在外出勘探古建筑的过程中吃尽了苦头。1937年，在逃离北平前，他被诊断出患有脊椎间软组织硬化症，医生不得不为他设计了一副铁架子，穿在衬衣里面以支撑他受损的脊骨。蛰居李庄期间，为了给脆弱的脊骨减压，他甚至不得不把下巴靠在花瓶上，以支撑自己“沉重”的头颅。

福无双至，祸不单行。1938年春，梁思成、林徽因一家五口经过四个多月的颠沛流离，终于抵达西南大后方昆明，一家人正打算大松一口气时，男主人又病倒了。这一次是因为扁桃体脓毒，不仅使他受伤的脊背再次疼痛难耐，还引发了牙周炎，他不得不将满口牙齿全部拔掉。为了避免因大量服用止痛药而中毒，他只能日夜半躺在一张帆布椅子上。为了分散注意力，他还学会了缝补破旧的袜子自遣。

梁思成的大半生都遭病痛缠身，命运未免也太凄惨了。可你若以为他的性情也一样阴郁消沉，那你就大错特错了。他的内心总是满怀期望的。

日本学者断言中国找不到唐代古建筑时，他默默翻遍半个中国，把它找了出来；抗日战争才开始，他撤离时却是抱着必胜的信心走的；新中国成立在即，他既不肯去台湾地区，也不愿避居美国，共产党也是中国人，他相信“前途满是光明”。他习惯以君子之心度人之腹，用友善的目光看待一切。你可以说他天真，我更愿意称之为赤诚。

他的内心也是幽默有趣的。

梁思成夫妇的美国好友费慰梅说：“这个沉默寡言的人，在饭桌上可是才华横溢的。我们吃饭的时候，总是欢闹声喧。”梁再冰回忆，蛰居四川李庄期间，“父亲尤其乐观开朗。”“他从来不愁眉苦脸，仍然酷爱画图，画图时总爱哼哼唧唧地唱歌。”

新中国成立后，有一次，梁思成对林洙调侃，自己还有两个头衔——“废协”和“瘦协”的副主席。“‘瘦协’，是瘦人协会，夏衍是会长，他只有44公斤，我和夏鼐是副会长，一个45公斤，一个47公斤。我们三个人各提一根拐杖，见面不握手而是握杆。而‘废协’嘛，是废话协会。”

原来有一天，他和老舍、华罗庚一起闲聊，老舍抱怨说：“整天坐着写稿，屁股都磨出老茧来了。”梁思成开玩笑说：“为什么不抹点油？”老舍也回得快：“只有二两油（三年困难时期，每人每月供应二两油），不够抹的。”华罗庚也凑趣道：“我那份不要了，全给你。”

后来他总结说，逗贫嘴谁也说不过老舍，所以老舍是“废协”主席，他和华罗庚是副主席。说完还自得其乐。疾病缠身却天真乐观，沉默寡言又风趣幽默，梁思成就像一个复杂的多面体，而大多数人只看到其中的一两面，便妄下定论。

（三）娶妻当娶林徽因

今人提起林徽因的名字，大多爱把她跟金岳霖和徐志摩扯在一起，她的丈夫梁思成却很少被人提起，即使提到，大多时候，也是以一种沉默寡言的“炮灰”形象出现在调侃中。

殊不知，梁思成绝非藉藉无名之辈，更不是木讷无趣的呆头鹅，只用“好男人”概括他也显得太过苍白。

1962年6月，已是花甲之年的梁思成再婚了，对象是比他小近三十岁的资料室管理员林洙。这桩婚姻，遭到梁思成生活圈子内各方面的激烈反对。当年，他亲自为程应铨和林洙做主婚人，而如今，他却娶林洙为妻，这几乎超越了当时知识分子的道德底线。

弟妹们联名给他写了一封抗议信。梁、林多年的好友张奚若曾对梁思成声称，若梁思成执意与林洙结婚便与他绝交。果然，从此不与梁思成来往。就连梁思成昔年在中国营造学社的密友刘敦桢，也给他寄了一封信，上面既没有抬头，也没有落款，只有四字：多此一举。一向与他亲近的女儿梁再冰，还因此与他冷战了三年之久。

在众人看来，梁思成似乎成了林徽因的附属品，为了维护亡妻的声誉和地位，晚景凄凉的他似乎不应该拥有婚姻自由。事实如何，旁人难以体会，妄度而已。

（四）古建筑迷弟

没有人知道林徽因的最爱是谁，但梁思成的最爱，恐怕非古建筑莫属。根据父亲的规划，他本应从事美术行业，今后在我国美术界作李、杜。而他自己最初的愿望是成为一名雕塑家。最后，他却径自跑去学了新潮的建筑学，一头扎进中国古建筑里再没有出来过。

1937年6月，夕阳西下，五台山豆村旁，佛光真容禅寺沐浴在斜阳的余晖之中。一千年的时光倏忽而过，屋脊和门板上布满了它们的斑驳印记，却依然掩不住山门的恢宏气势——那是来自大唐的气势。此时，中国营造学社的法式部主任梁思成，就在禅寺的大殿内。他正趴在脚手架上，一下下擦拭积满灰尘的大梁，以辨认因年代久远而暗淡模糊的墨迹。当最后一行墨迹重见天日，梁思成带着一身尘土笑得像个孩子。

此前数年，他已经辗转半个中国，考察了不计其数的古建筑，但最开心的还是这一天的发现，这恐怕也是他一生中最开心的一天。他找到了当时中国最古老的唐代木结构建筑（建于857年，即唐大中十一年），这也是他一生中最大的发现。当时夕阳映得整个庭院都放出光芒，佛光寺出檐深远，斗拱宏大，衬上美极了的远山，于他有如人间天堂。当晚，他在日记中写道：这是我从事古建筑调查以来最快乐的一天。

当梁思成还沉浸在发现佛光寺的巨大喜悦中时，抗日战争爆发了。战事急转直下，他不得不扶老携幼逃离京城，开始了他长达十年的流亡生涯。战乱中，他和家人流离，病倒，穷困，再病倒……无论是身体条件、工作环境还是生活水平，都在走下坡路。但他依然一心扑在中国古建筑的研究上，一面像乞丐一样四处讨要经费和生活用品，一面注释《营造法式》；一面操持家人的一日三餐，一面编写《中国建筑史》……

某种意义上，可以说古建筑是他的精神支柱，而他对古建筑的爱是不分国界的，即使是在抗日战争时期。1944年夏，他在军事地图上特意标出了日本古都京都和奈良的位置，使得保有大量唐风古建文物的两大古都幸免于难。

（五）无可取代的学术地位

抗日战争结束后，梁思成迎来了他的学术巅峰。1946年底，他受邀赴美，在美国耶鲁大学和美国普林斯顿大学讲学，并出任联合国大厦设计委员会的中国代表，一时风光无两。大半年后，他披着一身荣光归来，不久又被选为第一届院士。当时，建筑界一说到中国建筑史、城市规划还有建筑教育，梁思成是绝对绕不开的人物，一等一的大师。当然，他在现在的中国建筑界一样是“祖师爷级别”的人物。

他竭力想把自己的专业和国家的发展融合起来。他和妻子，两个老搭档、老病号，轮流卧床，硬是在病床上熬出一个又一个方案，为新中国的古建文物保护大业作出了不可磨灭的贡献。

回顾他的一生，不管被称为梁启超的儿子，还是林徽因的丈夫，他的学术地位，都是无法撼动的。要论中国建筑史研究的开山人物、古建筑保护的第一人，除了他，再找不出第二个。

YONG GUDU HE
SHIJIE DUI TAN

老　舍

一位在 绝望中 看到 希望的 “人民艺术家”

文／玉兔金刀

生　平： **老舍**，生于1899年。辛亥革命以后，老舍先担任教师，后在教育部门任职，继而辞职。后经友人介绍，远赴英国在伦敦大学担任教职。在英六年，开始小说创作。回国后在齐鲁大学、山东大学任职，创作小说。抗日战争爆发后，先后赴武汉、重庆主持中华全国文艺界抗敌协会。1946年旅居美国，1949年在周恩来等人的邀请下回国，1951年，被授予“人民艺术家”称号，担任全国文联主席。1966年，老舍去世。墓志铭为：“文艺界尽责的小卒，睡在这里。”

代表作： 小说《骆驼祥子》《四世同堂》，话剧《茶馆》。

名　言： 最大的牺牲是忍辱，最大的忍辱是预备反抗。

雨并不公道，因为下落在一个没有公道的世界上。

一个人爱什么，就死在什么上。

推荐语： 一次次满怀希望，一次次失望，最后绝望。老舍的身上，有着太深的时代印记。

学生的课本上这样介绍老舍：原名舒庆春，字舍予。他生在乱世，长在乱世，又死在了乱世；他有过很多次希望，又有过很多次失望，最后绝望。他有很多荣誉，也有很多争议。

而最受世人瞩目的是他的著作，还有那成为谜一样的死亡。

（一）皇帝跑了，父亲死了，老儿子活下来了

老舍生于十九世纪的最后一年，离辛亥革命爆发还有12年，根正苗红的满族人，在家里排行最小，北京人称“老儿子”。

即使大清王朝的大半截已经被埋进了黄土里，但旗人那一份“组织中人”的荣耀还在。作为满人，享受着朝廷的铁杆庄稼，是生存的保障。投戎从军，保护朝廷和皇上，是满族人的权利，也是义务。老舍的父亲叫舒永寿，就是皇城的一名护卫军卒。

1900年，老舍一岁，八国联军进攻紫禁城。慈禧太后裹挟着光绪帝一路狂奔，直到西安才刹住脚。皇帝一走，其他文武大臣知道信的、听着风的，也都跑了，作鸟兽散。然而，老舍的父亲，一个小小的守门卒却只知道死守着紫禁城的大门。舒永寿用的武器是一种非常笨重的抬枪，射击之前，需要先从枪管前面灌进火药和子弹。因此兵士身上和地上，到处撒满了火药。敌人用特别准备的燃烧弹，引燃了撒在各处的火药。

被严重烧伤的舒永寿爬过现在的天安门广场，爬向家的方向。半路上因为体力不支，藏在一家人去铺空的粮店里，碰巧另外一个

溃逃的兵士进粮店找水喝，一眼认出了舒永寿。他是老舍的表哥，是后来作品里经常出现的福海大哥的原型。此时的舒永寿已经不能说话，他示意“福海”赶紧逃命，并脱下一双袜子，解下腰带，托他带给家人，算是最后的遗物。舒永寿就此人间蒸发，尸骨无存。家人只好把袜子和腰带连带一个写着他的生辰八字的牌子装进一个盒子里埋入黄土，以供凭吊。

八国联军开始在全城抢劫，老舍家自然也未能幸免。一只大黄狗对这群凶神恶煞的不速之客表达了不满，却直接被他们刺刀挑死。而此时的老舍正在襁褓中酣睡，他的母亲、年纪尚幼的哥哥和姐姐，还有一个寡居的姑妈，在墙角瑟瑟发抖，敢怒不敢言。他的母亲尤其担心襁褓中的老儿子会在此时哭闹，遭遇和那老黄狗一样的下场。好在洋鬼子翻箱倒柜之间，老舍被落下的一个破箱子罩住，居然没哭也没闹，躲过一劫。

皇帝跑了又回来了，父亲死了却没有复生。就这样，老舍在乱世中出生，并活了下来。

家里没有了顶梁柱，全靠母亲一力承担。她不识字，靠给别人缝补、浆洗衣服过活，经常被肉铺、酒馆送来的衣服熏得吃不下东西，却不敢有丝毫松懈。可即使母亲如此日夜不停地劳作，也无法解决一家子的温饱。

老房门旁边的墙垛子上，用瓦片画上了很多鸡爪印一样的白色道道，那是母亲记的账，全是买水和买烧饼欠下的债。在老舍的记忆里，每逢年关就是讨债的人上门的时候，也是母亲最为艰难的时候。所以，老舍一辈子都不喜欢过年。

就这样，老舍在半饥半饱中慢慢长大，三岁的时候还不会说话，也不会走路。等到老舍七岁了，纵使无比疼惜这个老儿子，母亲也没打算让他读书认字，因为没钱。她准备等老舍再长几岁，就找个师父做几年学徒，学一门手艺，免得将来被饿死。

当时的大清还在苟延残喘，皇亲贵族都还在。

老舍的曾祖母曾经给一个刘氏贵族祖上当过用人。刘氏有个后人叫刘寿绵，是出了名的大善人。他有个和老舍差不多大的女儿，女儿该上学了，他便想起舒家这个小男孩来，特地将老舍接到自家的私塾免费读书，和女儿做了同学。老舍的命运因此而改变。

（二）“大清要完”

清政府统治的最后十年里，山河破碎，中国人丧失了活着的基本尊严。身为旗人，作为统治阶级的一分子，老舍深以为耻。在1949年新中国成立之前，他一直对自己旗人的身份讳莫如深。

就在老舍读完私塾不久，辛亥革命爆发。老舍欣喜不已，虽然当时年龄还小，但他也隐隐约约察觉到一个不堪的旧时代结束了，一个新时代带着希望到来了。

虽然天下换了，但是老舍家也更穷了，老舍无力继续读书。好在天无绝人之路，新成立的政府为了培养新型的小学师资，特意创建了师范学校。老舍看到了北京师范学校的招生广告，可以免费读书，学校还统一发衣服、管伙食、管住宿。总共只招生50名，却有1000多人报名，最后老舍被录取了。那一年，他十四岁，离开母亲，独自住校。从此以后，他的大半生都在外漂泊，和母亲聚少离多。

从师范大学毕业的老舍做了老师，当了校长，勤勤恳恳。他评价自己说：“规规矩矩、全心全力地干了四年小学校长，考绩特优，深得众人好评。一来无负于孔孟之道，二来于上于下终是一团和气，不曾开罪于谁，也未曾奉承于谁。总之，既无投石下井之心，又无攀龙附贵之念。”这或许未必适合评价他的整个人生，作为对这一段经历的评语却十分贴切。“一团和气”也确实是老舍一生为人哲学中非常重要的一环。

因为成绩突出，老舍被委任为学务局的劝学员。这是个肥差，工作不累，但是一个月有一百块现大洋的工资。老舍的《茶馆》中有一个常四爷，也是旗人，耿直而古道热肠。即使只是一位普通的百姓，面对国破家亡却也奋不顾身，毅然参加了义和团，扛起了“扶清灭洋”的大旗。可惜大厦将倾，独木难支，何况一只小小的“蝼蚁”。现实一天比一天黑暗，直叫还有一点忧国忧民之心的人心生绝望。即使自己享受着满族人的铁杆庄稼，常四爷依然毫不讳言：“大清要完！”对骑在自己脖子上作威作福、在中华大地上横行霸道的洋鬼子，清政府当局大气不敢喘，常四爷却因为一句话讲出了皇帝没穿衣服的事实，被下了大狱。

此时，身在学务局的老舍同样深切感受到了“大清要完”。从刚开始殷切希望、热切投身其中，到最后失望、绝望，他去找上司大吵了一架，劈头盖脸大骂一通，一泄心中块垒，然后拂袖而去。

（三）“嘉陵江又近又没盖儿”

离开官场的老舍，通过朋友介绍，去了周恩来曾经豪言要“为中华之崛起而读书”的天津南开中学做回了教书匠。他对一张张稚气的脸倾注了他所有的耐心，还有期望。

他和学生们谈心，抨击现实的黑暗。他觉得国家的希望在下一代，他甚至以自己的学生为灵感创作了短篇小说《小玲儿》：笔下的小玲儿是个穷苦的孩子，小小年纪就知道国仇家恨，痛恨李鸿章，仇视小日本，还组织小伙伴偷袭教堂里的小洋鬼子（教堂里的外国小孩）。然而，他不会想到，自己在若干年后，也将被同样一脸稚气的孩子们逼得走投无路。

老舍并没有在南开中学待太久，朋友推荐他去英国伦敦大学亚非学院教习中文，这一去就是六年。只身在国外的时间，既长了见识，异国他乡的生活又让他感觉到无边的孤独。而他排遣孤独的方法就是文学创作。先是和英国朋友共同翻译了《金瓶梅》，又创作了小说《老张的哲学》《赵子曰》《二马》，在国内连载发表。这是老舍文学创作真正的开始。

从英国回来的老舍，先是在齐鲁大学一边任教，一边从事小说创作，后来又到山东大学就职，此后又回到齐鲁大学。让老舍如此摇摆不定的原因是他一直在纠结是否要辞职专门进行文学创作。他爱写作，所以他不甘心教职占用创作的时间和精力，但是又迫于生活的压力，需要那一份固定的工资收入。

就在他纠结不定的时候，命运替他做出了安排。日本全面侵华战争开始，山东沦陷在即。

此时的老舍已经是三个孩子的父亲，大女儿年幼，小女儿尚在襁褓之中。作为一名知识分子，老舍固然无法拿起刀枪冲锋杀敌，但是他也不允许自己什么都不做。他告别妻儿，准备南下去武汉。

在朋友的帮助下，老舍终于买到了南下的火车票。然而，有了车票并不意味着可以上车。又是朋友给他钱，并贿赂了车上的锅炉工，锅炉工在车上拽，朋友在下面抬，硬生生把老舍像塞麻袋一样从窗户塞进了车厢。车厢里塞满了人，连站立的地方都没有。一帮子不知道从哪儿撤下来的残兵正在车厢里打牌，对老舍这个不速之客非常不欢迎，骂骂咧咧就要动手。正一肚子闷气没处发泄的老舍大声回敬他们：“你们想怎么着！有本事找日本人使威风去，在这里逞能算什么本事！”大概是车里和老舍一样怀着一腔怒火逃难的人太多，一个个都瞪着这群逃兵。在大家的威慑之下，遇到大兵的秀才老舍才没有吃亏。

到处是战乱，四处是流民，火车走走停停，不知道能走到哪儿去，也不知道什么时候能到目的地。同行的难民趁半路停车的空当，变戏法、打拳、卖狗皮膏药……但凡能挣着口吃食的行当，都有人做。

几经颠沛，老舍到了武汉。这个时间逃到武汉的人中不乏丰子恺、曹禺、茅盾、郭沫若、郁达夫等当世名人。在国共两党的邀请下，老舍带头组织了中华全国文艺界抗敌协会，出任常务理事兼总务部主任。这是后来文联、文协的前身，原则上不属于任何党派，吸纳了左、中、右各路的文艺工作者，为抗日添砖加瓦，摇旗呐喊。

老舍是这期间抗战文协的实际领导人和执行者。在此后约六年的时间里，老舍将所有的时间和精力放在了组织文协工作中，甚至中止了他钟爱的小说创作。然而，武汉也很快沦陷，老舍再次踏上流浪的路，辗转去到重庆，继续领导文协工作。

日军偷袭重庆，大家纷纷准备再次撤退。萧伯青问老舍：“你怎么办？”

老舍回答说：“背面是滔滔的嘉陵江，那里便是我的归宿。”此话传出，朋友们纷纷来信询问、劝阻。老舍给王冶秋的回信中写道：“不用再跑了，坐等为妙。嘉陵江又近又没盖儿。”

（四）“改良，改良，越改越凉，冰凉！”

老舍的作品《茶馆》中裕泰茶馆的掌柜王利发，善良而胆小怕事，讲究和气生财，见谁都问好，逮谁都请安，谁都要给服侍舒坦了。他在乱世中的生存之道就是不断改良。

清朝还没灭亡的时候，旗人吃着朝廷的铁杆庄稼，生存无忧，平时就喜好喝茶、遛鸟、斗蛐蛐儿。清朝灭亡了，这部分人没了生存保障，喝茶的人少了，但是出来游行、为国家四处呼号的大学生多了，王利发将茶馆的面积缩小，经营起专门为大学生服务的小旅馆来。军阀混战，生灵涂炭，活着已经是大幸，喝茶的人更少。王利发又改良，不仅提供茶水、小点心，还请来女公关，提供特殊服务。

然而，无论王利发怎么改良，有些人、有些事始终没变。他们是当差的，是特务，是军阀，他们毫无例外地都会来茶馆敲诈王掌柜，以致最终整个茶馆都被霸占。王掌柜再无良可改，只能将自己吊死。

老舍的一生，就如他笔下的茶馆老板，一直在努力改良自己，以适应千变万化的世界。

他没有太大的野心。他说："我的理想永远不和目前的事实相距甚远。贫人的空想大概离不开肉馅馒头，我就是如此。"但也特别注意避免给自己惹来麻烦，所以他从不站队。申明自己"除了正义感以外，不信奉任何'舶来'或'土产'的'主义'，只注重实效"。

他的朋友既有共产党，也有国民党。他说："交的是朋友，而不是党派。执政党的不刻意巴结，在野党的也从不挤对，这是做人的规矩。"老舍还在乱世中摸索了一套自己为人处世的哲学。在从武汉辗转去重庆的船上，他就曾在甲板上，迎着猎猎的江风和同行的人分享自己做人的三点经验：

第一，要和气，和气生财，和气也能顺气。

第二，凡事要忍着耐着点儿，这叫小不忍则乱大谋。

第三，要学狗着点儿。狗着，就是溜须拍马。

但老舍的生存主张也并不是一成不变。他总是根据实际需要，改良自己的生存姿势。辛亥革命爆发，他看到了希望，积极投入其中，但又很快失望，拂袖而去；抗日战争爆发，他抛弃妻子，颠沛流离，将一切时间和精力投入到文协工作中，为抗日战争奔走呼号。然而，国民党当局又让他失望了。

抗日战争中后期，老舍在重庆主持文协抗战工作，多次违背国民党当局的意志，被怀疑为“赤化”了的知识分子。时任国民党教育部常务次长的张道藩找到老舍质问：“共产党给了你什么好处？”老舍回答说：“一分钱没给，可给了我希望，你知道吗？希望！”

这是无数次失望、绝望之后，老舍又看到的希望。

新中国成立以后，老舍接受周总理、郭沫若等人的邀请，从美国回国，任北京市文联主席一职，写下了诸如《龙须沟》《春华秋实》《西望长安》《红大院》《女店员》等作品，为新生的时代摇旗呐喊，并被授予“人民艺术家”的光荣称号。他还写过一本自传体小说，小说详细记述了自己从出生到新中国成立后从美国回国的经历，但是核心思想大概只有三点：

第一，讨厌、鄙视国民党。

甚至在多个地方他不惜直接用脏话对其进行谩骂。他称呼时任国民党教育部常务次长的张道藩为“人嫌狗不待见”“臭名远播”的“这么个玩意儿”。

第二，从内心深处坚决拥护共产党。

第三，历史证明自己是个很优秀的人。

其实老舍是个谦虚得有些害羞的人，他甚至不敢承认自己是个作家，而只说是“写家”。但是，他又要迫不及待地标榜自己，因为他着急，担心自己不被这个时代所承认、接纳。这是经历了重重失望后再一次看到的希望，他要义无反顾地投身其中。

整本自传体小说就如一封表白的情书，是老舍写给新中国、新时代、共产党的情书。他以火热的心爱着这个时代，所以写下了火热的情书。

（五）“最伟大的牺牲是忍辱，最伟大的忍辱是预备反抗”

老舍是有骨气的。小时候在私塾读书，中午回到家里，揭开锅盖发现锅里什么都没有，他不哭不闹，默默又去学堂上下午的课；师范学校毕业以后，跻身学务局当差，虽然十分需要那每个月一百多块的大洋来过生活、养母亲，但是他依然在忍无可忍的时候拂袖而去；抗日战争期间，国民党当局威胁他，不能煽动别人散播不利当局的信息，老舍反唇相讥：“这还需要煽动吗？”

只是，他也练就了一份独有的生存方式：隐忍。但人不能隐忍一辈子，总有个底线，总有个尽头，总有爆发的时候。

老舍笔下的《骆驼祥子》里有一个小姑娘叫小福子。小福子的母亲在生下她和两个弟弟之后就死了，父亲又是个酒鬼，把她卖给一个过路的军人，换了两百块现大洋喝酒。但是军人换防离开时，顺便也抛弃了小福子。

小福子回到家里，无以为生，只好卖身。但是她不能去青楼，因为还要在家照顾两个年幼的弟弟，她只好自己去街上招揽生意，然后在家里做成买卖。但是小福子家里实在太穷、太破、太脏，连一张完整的床都没有，这样，客人就不愿意出高价。小福子就和住在同一个小院的虎妞商量，借她的房间接客，给虎妞一定的分成。有一天，虎妞要为难小福子，不再把房间借给她用，为了活着，小福子带着两个弟弟来找虎妞，给她跪下磕头。

老舍在此处写道："最伟大的牺牲就是忍辱，最伟大的忍辱是预备反抗。"老舍又写道："这一跪要还不行的话，她自己不怕死，谁可也别想活着！"

1966年8月23日，时任北京市文联主席的老舍大病初愈。本来医生叮嘱他要多加休养，他却迫不及待去办公室工作。因为当时全国上下都沉浸在革命的激情中，老舍也不例外。他作为文联主席，要去工作，要投入到这一场火热的革命中去。

就在这一天，老舍曾经寄予希望的孩子们，将老舍和三十多位文化名人用大卡车拉到孔庙的小广场上，又拉来文联图书馆的图书焚烧。老舍爱书，又身为文联主席，试图阻止学生们烧书，却引来了无数人的拳打脚踢，直到头破血流。

老舍的妻子胡絜青深夜接到通知去派出所接老舍回家，她找了一辆三轮车将老舍拉回家去。临回家前，老舍被告知，第二天必须自己拿着"现行反革命"的牌子到文联报到。回到家里，老舍贴身穿的背心和伤口黏到了一起，胡絜青只好用棉花蘸着热水慢慢润化，才最终将背心脱了下来。

第二天清晨，老舍催妻子赶紧去上班。妻子走后，家里就剩下三岁的长孙女儿舒悦和年迈的保姆。

在《茶馆》中，王利发在自杀之前拉着自己的小孙子说："来，给爷爷说再见。"老舍如法效仿，在出门前走到三岁的小舒悦面前，弯下腰，拉起她的小手，缓缓地说："和爷爷说再见。"

老舍出门了，但是他没去文联，而是去了偏僻的太平湖。

老舍就这样死了。家人只好将他的眼镜、钢笔装进骨灰盒，以寄哀思。

在历史的车轮之下，老舍和所有与他一样的其他人，最终都只是被碾碎的尘埃。不同的是，有人随风而散，有人“零落成泥碾作尘”，芳泽后世。

YONG GUDU HE

SHIJIE DUI TAN

傅斯年

黄河流域

第一才子

文/刀子

生　平：傅斯年（1896-1950），字孟真，山东聊城人，人称傅大炮，唯一一个敢在蒋介石面前跷二郎腿的人。五四运动学生领袖之一，中央研究院历史语言研究所的创办者，台湾大学校长。

代表作：《傅孟真先生集》。

名　言：上穷碧落下黄泉，动手动脚找东西。

推荐语：是子路，是颜回，是天下强者；为自由，为正义，为时代青年。

（一）“黄河流域第一才子”

傅斯年，字孟真，1896年出生于山东聊城。聊城是个有趣的地方，出才子，也出豪杰。孙膑、鲁仲连都出生于此，国学大师季羡林也是聊城人，当然也包括傅斯年，而傅斯年的祖上傅以渐也甚是了得，大清帝国的开国状元，官至兵部尚书。

山东自古出豪杰，聊城正是其一，当年武松赤手空拳打死猛虎的景阳冈即属聊城，程咬金的后人也定居于此，著名抗日将领张自忠就是聊城人。

傅斯年两者兼而有之，既是才华横溢的“黄河流域第一才子”，也带着一股梁山好汉的霸气、豪气甚至是蛮横之气。美中不足的是，这位大才子却偏偏长得肥头大耳，不然会是多少妙龄少女的心中偶像。

（二）砸老师饭碗

胡适说，在北大，学生的学问是可以超过老师的，这里的学生指的就是傅斯年。

1913年，傅斯年入北大预科学习，三年后正式进入北大中文系。傅斯年学问了得，那是有口皆碑的，连黄侃这样恃才傲物的奇才也想把自己的章学衣钵传给他。

可傅斯年这人偏偏不知收敛，不但锋芒毕露，还要挑战权威，找老师的麻烦。要是老师讲错了，他便当面指出，还引经据典，说某某人在某某书上是这样讲的，搞得老师甚是难堪，却又无可辩驳。

聂湘溪曾回忆说：“当时有些教授就怕上他的课。”胡适就差点丢了饭碗。

1917年夏，胡适受蔡元培的邀请来北大讲中国哲学史，别人都从三皇五帝讲起，讲了一个学期，还在商朝打转。胡适要立威，干脆就从周宣王讲起。问题是，北大的学生不好糊弄，对这位喝洋墨水的“海龟”甚是不服，想把他轰下台，却又找不着破绽。

有同学想到了傅斯年，怂恿他去听课，帮忙找点问题出来。傅斯年是好事之徒，一听就来劲了，跟着室友便去了。听完之后，傅斯年摇了摇头，说：“这个人虽然读书不多，但他走的这一条路是对的，你们不能闹。”

书读得是不多，还好路子没错，这话也算是绝了。同学们只好放过胡适，乖乖去上课，寻找下一个要弹劾的教授。多年以后，胡适才知道，自己能在北大站稳脚跟，傅斯年功不可没。

胡适的饭碗是保住了，朱蓬仙就没有这么好的运气了。朱蓬仙是章太炎的弟子，在北大教《文心雕龙》，教得不好，出了不少低级错误，学生要揭发，就要找证据。

有同学谎称复习，把朱大秀才的讲义借了出来，然后交给傅斯年。傅斯年一夜看完，摘出三十几条错误，由全班签名上书蔡元培，炮轰朱蓬仙。

蔡元培一看，先是一惊，如此内行的批注，竟会出自学生之手？然后一疑，难道是某些教授借学生之手攻击其他教授？于是突然召见签名的全班学生。

学生毕竟还是学生，没见过大场面，校长一召见便开始慌了，害怕蔡元培要考，又害怕让傅斯年一人担责，于是每人分担几条，预备好了才进去。

蔡元培果然要考，学生却回答得头头是道。考完之后，蔡元培一声不响，学生也一声不响。不久，这门课便被重新调整了，也是一声不响。有学问，敢做事，年纪尚幼的傅斯年却已在人才济济的北大崭露头角。

（三）《新潮》迭起

自从听了胡适的课，傅斯年便跟着胡适走到同一条道上了，成了胡适麾下天字号猛将，不但读起了《新青年》，还时不时在上面发表文章，唱起了新文化运动的高歌。

以傅斯年的性格又怎甘心长期寄居在他人地盘之上，他也要办杂志，要有自己的阵地。于是便纠结了一群同伙，包括毛子水、罗家伦、顾颉刚、俞平伯等，虽是学生，却都是一等一的高手。

办杂志要钱，傅斯年去找胡适，好先生胡适一听，钱是没有，但我对你们的行动举双手赞成，还愿意无偿担任顾问；陈独秀是不太乐意的，你这是来拆我《新青年》的台？

傅斯年斗胆去找蔡元培。蔡元培一听，扶了扶镜框，毫不犹豫地说："你每月去北大的经费中领400块吧！"图书馆馆长李大钊知道了，说："孟真啊，我从图书馆腾个房间出来，给你们当办公室用吧。"

就这样，一份叫《新潮》的杂志很快就火了起来，在《新潮发刊旨趣书》中，傅斯年这样写道："一则以吾校真精神喻于国人，二则为将来之真学者鼓动兴趣。"很长一段时间里，《新潮》的风头甚至盖过了《新青年》，陈独秀的担忧竟成了先见之明。

如果说《新青年》代表了老师一代的最高水准，那么《新潮》便是学生一代的突出代表了，而中国近代的启蒙运动正是这两代人共同推进的结果。

（四）“富于斗劲的蟋蟀”

1919年5月4日，中国爆发了近代历史上最著名的学潮——“五四运动”，整个北京的街头巷尾，都充斥着风起云涌的高亢和嘈杂。

傅斯年正是这场运动的总指挥之一，与罗家伦、段锡朋并称“五四三驾马车”。对于傅斯年在这场运动中的作用，石舒波这样写道：

浩浩荡荡的游行队伍中，有一位威武的山东大汉高举着大旗走在大家的最前面，他不时地带领大家一起振臂高呼，又偶尔暂缓脚步，与身边的几位同学低声交谈——他，就是这次游行队伍的总指挥、北京大学国学门学生、素有“大炮”雅号的傅斯年。

在火烧赵家楼、痛打卖国者之后，游行的学生在北大院内开会，商讨下一步行动计划。对于火烧赵家楼一事，傅斯年并不赞成，觉得过于激进。当大家正准备推选傅斯年做临时主席时，一名叫胡霹雳的陕西人冲了上来，往傅斯年的脸上就是一拳，连眼镜都被打飞。

傅斯年大怒，晃动高大的身躯一脚便把胡霹雳踢于台下，接着又跃下台阶，骑在胡霹雳的背上照准头部狠狠地抡了几拳，胡霹雳当场就被击晕。后来有人问傅斯年打架取胜的诀窍，傅斯年不无得意地认为靠的是自己肥胖的体积乘以速度，如此结合便能爆发出一股所向无敌的力量。

也就是这一拳，让傅斯年与“五四运动”彻底断绝了关系。当然，背后另有隐情，傅斯年最初的设想是通过有序的游行来推动变革，而不是武力与暴动，而运动到后面已是另外一番模样了。

和挥舞拳头面红耳赤的游行青年相比，傅斯年有着更为冷静的社会思考，而不仅仅停留在口吐狂言之上。

1919年夏天，傅斯年毕业离校。

（五）留学风波

毕业后的傅斯年决定出国留学，1919年秋天，他参加了山东省教育厅主持的官费留学考试，成绩不算太差，全省第二名。本以为出国留学板上钉钉，官方却以他是“凶恶多端的学生示威活动的头头”“打砸抢烧的危险激进分子”为由，拒绝录取。

他们对外的解释是这样的：要是傅斯年到了大英帝国或是法兰西共和国，一言不合，岂不率领一帮弟兄拿上粪叉子、镰刀斧头加锤子，将白金汉宫和巴黎圣母院掀个底朝天？

幸好一名叫陈雪南的科长看不过眼，挺身而出，据理力争：“成绩这么优越的学生，不让他留学，还办什么教育！”正是这席话，才最终保住了傅斯年的一份名额。

这年冬天，意气风发的傅斯年拖着他肥胖的身躯踏上了驶往欧洲的邮轮，开始了他为期六年的留学生涯。

（六）与鲁迅的恩恩怨怨

对于权威，傅斯年从来就不曾畏惧，要是遇到同样狷介的鲁迅，那又会是怎样一种场面呢？

1926年，留学归国的傅斯年接受了中山大学校长朱家骅的邀请，前往任教。不久，鲁迅也受聘于中山大学，任教务主任兼中文系系主任。此时的中山大学是国民党的天下，朱家骅、戴季陶都是党国要员，看不惯鲁迅那一套："这里是党校，凡在这里做事的人，都应服从党国的决定……"

傅斯年与朱家骅是挚友，对于鲁迅并无好感，短兵相接正式开始。顾颉刚就成了一点就爆的导火索。

原来鲁迅和顾颉刚还在北京的时候就有过节，顾颉刚说鲁迅抄袭，鲁迅说他血口喷人，两人便怼上了，鲁迅还专门给顾颉刚起了个外号——红鼻。后来鲁迅离开北京去厦门大学教书，顾颉刚也不知道是哪根筋抽了，也跑去厦大了。人家板凳都还没坐稳呢，他就跟着去了，鲁迅有些不爽："你这是存心找茬儿？"

既然你来了，那我走还不行，于是鲁迅牵着他的学生许广平去了中山大学。傅斯年的"大炮"脾气犯了，既然你鲁迅来了，我要是把顾颉刚也拉来，你该如何？

傅斯年真这样做了，还把这个决定象征性地通知了一下鲁迅这个教务主任。鲁迅一听顾颉刚要来，立马火了："鼻来，我就走！"傅斯年不吃这套，索性将鲁迅晾在一边，而顾颉刚也真的来了。

鲁迅哪受得了这套，立马提出辞职。傅斯年一看，你用辞职来要挟，我难道不会？傅斯年也要辞职。刚来的顾颉刚看到如此凶险的局势，自觉不应趟这浑水，也要走人。

校方只好和稀泥，让学生选，学生说留谁那就留谁。结果学生觉得一个都不能少，三个都是大师，都要留。

鲁迅去意已决，最后悲愤离去。

性格温和的顾颉刚骨子里却倔得很，不愿任人驱使，受不了傅斯年的霸气强势，两人分道扬镳，不久后，顾颉刚也离开了中山大学。

傅斯年的“大炮”性格再次爆发，指责顾颉刚忘恩负义：“你若离开中大，我便到处毁你，使得你无处去。”曾经风光一时的中山大学也因人事矛盾而变得冷落稀疏。

此事虽不免刻薄，倒也符合傅斯年的为人和性格，哪怕是文坛巨鳄，也照样我行我素，只是文坛上又多了段恩怨是非了。

（七）北大“功狗”

而鲁迅的弟弟周作人，也没吃到好果子。

1945年8月15日，日本裕仁天皇宣布投降。第二天，教育部长朱家骅找傅斯年谈话，劝其出任北京大学校长，这是对其能力、资历以及声望的最好肯定。傅斯年拒绝了，理由是，论资历、论名望，有胡适在前，我傅斯年尚有自知之明，只要老师一息尚存，这北大的第一把交椅就非他莫属。

此时，胡适尚在美国，朱家骅颇感难办。几经来回，傅斯年勉强答应就职代理校长，待胡适归来，便自动让贤。

代理校长期间，傅斯年做的影响最大的一件事情，就是清理伪“北大”教员问题，这其中包括他曾经的老师周作人。

1945年10月底，傅斯年由重庆飞往北平，陈雪屏等人到机场迎接。傅斯年走下来的第一句话就是问陈雪屏是否与伪“北大”教员来往，陈雪屏说仅有一些礼节性的来往。傅斯年大怒：“汉贼不两立，连握手都不应该！”

1945年11月28日，傅斯年在《大公报》上再次发表声明：“北大将来复校时，绝不延聘任何伪‘北大’之职员！”

作为伪“北大”文学院院长的周作人，此时颇为紧张，犹豫再三最终致函傅斯年，为其抗日时期变节一事“辨伪”，请求特殊处理，并指责傅斯年的作为过于苛刻，信中写道：“你今日以我为伪，安知今后不有人以你为伪！”

傅斯年大为光火，痛斥道：“今后即使真有以我为伪的……却绝不会说我做汉奸；而你周作人之为大汉奸，却是已经刻在耻辱柱上的，永世无法改变了。”

1945年12月6日，周作人因汉奸罪被捕入狱。

12月8日，傅斯年将重庆对记者的长篇谈话公之于众，在问到如何惩办周作人、钱稻孙之类汉奸时，傅斯年答道：“我不管办汉奸的事，我的职责是叫我想尽一切办法让北大保持一个干干净净的身子！正是非，辨忠奸！”“这个话打死我也是要说的。”

在民族大义面前，傅斯年的眼里容不下半粒沙子。

（八）敢在蒋介石面前跷二郎腿

在学界，傅斯年混得是风生水起；在政界，也同样是游刃有余。1946年初，蒋介石与陈布雷商量，要在北方人士中补充一个国府委员。蒋介石提议说：“找傅孟真最相宜。”陈布雷知道傅斯年的臭脾气，对蒋说：“他怕不干吧。”

蒋介石不相信，请他做官他难道还有不乐意的？你们去劝劝他吧。然后说客就去劝，傅斯年死活不答应。蒋介石没辙，只好找胡适干，胡适有点动心，傅斯年就写信给胡适，劝他不要去：一入政府，就没了说话的自由，也失去了说话的分量。并说道：“借重先生，全为大粪堆上插一朵花。”这不是自降身份吗？正是这句话，打消了胡适的念头。

即便傅斯年这样不给面子，也不妨碍蒋介石把他奉为“座上宾”，还时不时地请他去总统府吃个便饭，商议国家大事。有一次，在机场的会客厅里，蒋介石坐在沙发上，其他人站在旁边，傅斯年却坐在蒋介石的旁边。不但坐着，还跷着二郎腿，捏着大烟头，一边抽，一边对着蒋介石指手画脚。连李敖都佩服得五体投地，称之为“真正的夹缝里面的自由主义者”。

终其一生，傅斯年都秉持着“参政而不从政”的原则，参政，是作为一个文化人的责任，尤其在民族危难关头；不从政，则是一个知识分子应有的独立和尊严。

那才是文化自信的年代，在强权面前，他们始终坚守着一份文化人的自信和尊严，不为所动，终不低头。

（九）赶走两任行政院长

傅斯年的厉害之处，还不在这里，最让人津津乐道的莫过于他赶走两任行政院长的事了。

1937年傅斯年就任国民参政会参政员，真正发挥起知识分子“参政而从政”的作用来，对于孔、宋家族贪污腐败的现象，傅斯年深恶痛绝。这一年，傅斯年两次致函蒋介石，揭发行政院长孔祥熙腐败、贪污的问题，并从才能、威望、用人、外交、礼教五个方面历数孔祥熙德不配位，蒋介石却不为所动。

1941年，孔祥熙的妻子宋霭龄和女儿孔令俊竟用营救在香港的社会名流和学者的专用运输机运输自家的家私和洋狗，致使陈寅恪、何香凝等名流滞留香港，此举激起社会义愤，傅斯年更是忍无可忍。

要想扳倒孔祥熙，就必须有足够的证据，傅斯年开始着手收集。功夫不负有心人，傅斯年终于找到孔祥熙等人参与中央银行国库局舞弊案的证据。

据程沧波回忆："在重庆时期，有一次在参政会前，我好几次到聚兴村他住的房内，看他拿着一个小箱子，藏在枕头下面，寸步不离。我问他里面是什么宝贝，他很紧张地说，这是他预备检举某大员的证物。"

1943年的国民参政会上，傅斯年再次对孔祥熙提出了质询，并指着孔祥熙的鼻子说道："我们法院见！"

就这样，孔祥熙被赶下了台，由宋子文接任。然而，宋子文依旧是劣迹斑斑，"傅大炮"又将炮火对准了宋子文。

1947年，傅斯年在《世纪评论》上公开撰文《这个样子的宋子文非走不可》。文中写道："用这样的行政院长，前有孔祥熙，后有宋子文，真是不可救药。""我真愤慨极了，一如当年我在参政会要与孔祥熙在法院见面一样，国家吃不消他了，人民吃不消他了，他真该走了，不走一切就垮了！"

此文一出，舆论一片哗然，"各地报章纷纷转载，举国注目"。这之后，傅斯年再开两炮，接连写了两篇文章，连轰宋子文。在强大的舆论压力下，宋子文像当年的孔祥熙一样，卷铺盖走人。

作为一位有骨气、有气节又不怕死的知识分子，傅斯年用行动践行了一个知识分子应有的责任和尊严。

（十）小钢炮气死傅大炮

1949年1月20日，傅斯年就任台湾大学校长。此时，国民党的覆灭不过是时间问题。

1950年12月20日下午2时，作为台大校长的傅斯年列席台湾“参议会”第五次会议，回答关于教育行政方面的质询。下午5点40分，以好勇斗狠著称的郭国基突然蹦起来质询有关台大的一些问题。

傅斯年极其恼火，却不得不再次登台讲话：“我们办学，应该先替学生解决困难，使他们有安定的生活环境，然后再要求他们用心勤学。不让他们有求学的安定环境，而只要求他们用功读书，那是不近人情的！”

大约6时10分，傅斯年走下讲台，陈雪屏见其脸色苍白，步履踉跄，赶紧上前搀扶，傅斯年说了句：“不好！”便晕倒在陈雪屏怀中。

6时30分，台大附属医院院长魏火曜等人赶到现场，经诊断傅斯年为脑出血，当即采取急救措施。

11时23分，仰躺着的傅斯年突然睁开了双眼，床前众人惊喜交加，以为终于苏醒。医师赶忙过来，按了下脉，抬手合上了傅斯年的双眼。

12月22日，傅斯年遗体大殓。自早晨7时起，前来吊唁的学者、名流陆续涌来，殡仪馆几乎无立足之地。

记者于衡回忆道：“傅斯年先生逝世，是我采访二十五年中，所见到的最真诚、最感人的一幕。”蒋介石亲自为其撰写挽幛：“国失师表。”

对近代学术体制的推动与建设，傅斯年功不可没，而他所秉持的知识分子之人格，亦值得所有国人肃然铭记。

或许于右任的挽联是对其一生功绩最好的总结：**“是子路，是颜回，是天下强者；为自由，为正义，为时代青年。”**

YONG GUDU HE
SHIJIE DUI TAN

胡 适

把 宽容和 自由

作为 生命 的底色

文/师岑

生　平：胡适（1891–1962），字适之，安徽绩溪人，以倡导白话文、领导新文化运动闻名于世。他师从美国著名哲学家杜威，一生奉行实用主义哲学，在文学、哲学、教育学、史学、考据学等多个方面，均有突出贡献，可谓“文艺复兴式”的全才。其治学思想“大胆假设、小心求证”，对后世学人产生了深远的影响。

代表作：《中国哲学史大纲》《尝试集》。

名　言：大胆地假设，小心地求证；认真地做事，严肃地做人。

推荐语：他是新文化运动的干将，也是近现代中国自由主义的旗手，“宽容和自由”是他生命的底色。

引子

想谈谈胡适，总欲言又止——胡适恐怕是近代中国最难谈清楚、讲明白的大师。他总希望自己说话的方式每一个人都懂。但他的人生经历和思想历程又相当复杂。他是不断寻求救国路径的士人，是实践中国传统伦理道德的谦谦君子，却也是想要全盘西化的革命家。他是最具有人格魅力的学者，却挨过无数骂。

谈胡适，一定要有一个词——“容忍”。胡适曾经说过：“容忍比自由更重要。”他的一生，无论事业还是感情，都是在不断容忍中成就的。

他的人格也因此而伟大、不朽。

（一）小小年纪忍住玩心

1895年，一位母亲带着小孩来到了一家私塾。私塾老先生看了一眼这对母子，母亲还是个小姑娘呢，看着二十出头的年纪，眼睛里有些羞怯，却又闪着坚毅的光。旁边的孩子还小得很，也就三四岁的样子。

母亲开口道：“先生，我是绩溪胡铁花大人的妻子，这是我们孩儿胡嗣穈。穈儿来，快叫先生。”那小孩脆生生地叫了声：“先生！”老先生皱了皱眉道：“夫人，孩子还太小，过一两年再送来读书吧。”

“不，先生对不住，我家官人刚去世，遗愿就是穈儿能好好读书。请您一定要收下，学费我已经备好了。”说着，她拿出了十二个银元。

老先生一惊：“我这儿的学费一年只要两个银元，你拿这么多做什么？”

“我家穈儿早慧，我可以多缴学费，麻烦先生了，请一定要多多优待。”

就这样，四岁的胡嗣穈进入私塾，和七八岁的大孩子一起听书。因为太矮，特意给了他一张高凳子坐，但是坐上去就下不来了，还得大人抱下来。如果不是母亲如此坚决，这个小孩可能再过几年就会像他那些大他很多岁的哥哥一样，外出学做生意，成为一名徽商。

但他的母亲不愿意。这位没读过书的裹脚妇人，不到二十岁就嫁给年近五十岁的官员胡传。胡传娶过两位太太都早逝，留下一群已经成人的儿女。这样的晚娘是不好当的。家中顶梁柱去世，她只有一个心愿：自己唯一的孩儿能够读书成才，当圣人。母亲对他说：“穈儿，好好读书。你和其他孩子不一样，你长大，要当圣人的。”

他那么小，还不明白什么是“圣人”。但他知道，自己和其他孩子不一样。在学堂里，其他孩子听书喜欢开小差，只有他一个人坐得端端正正；其他孩子课余疯跑疯玩，只有他还坐在座位上读书。他读的是儒家传统的启蒙典籍：“谨乎庸言，勉乎庸行；以学为人，以期作圣。”

因为小小年纪就一副严肃认真的学究样，同学和乡人都戏称他为“穈先生”。小孩天性爱玩，小嗣穈却能忍住。虽然父亲已经去世，但他还记得父亲对他说过，他是注定要念书的，不能去做生意。他需要忍住贪玩的冲动，需要容忍大他好几岁的孩子对他的嘲笑，以及经商养家的大哥听说他要读书时的一声冷笑：“呵！要读书？”

这名小孩将在这个学堂里读九年书，然后到上海读中学。在学堂里，老师给他起了个学名叫胡洪骍。在上海，他二哥又给他起了个日后传遍全中国的名字——胡适，字适之。

而他需要忍的，不会随着成年减少，反而会变多。

（二）堕落青年忍住放纵

1910年的一天夜里，一名十九岁的青年在上海街头游荡。

他明显喝醉了，走路摇摇晃晃，嘴里也喃喃地说着什么。暴雨突降，把这名青年淋得一身狼狈，廉价的长衫湿透了，不住往下滴水。他抬手拦住了一辆黄包车，坐上去就开始呼呼大睡。车夫一瞧，这人都醉倒了，于是把车拉到一条僻静的小巷里，把青年身上的财物一扫而空，将青年推下了车。

不多会儿，一名租界巡捕发现了躺在地上的青年，过来踢了踢：“喂！没死吧？”青年醒了，挣扎着站起来，借着路灯一看，是一名巡捕，于是大骂：“外国奴才！”巡捕大怒，上前就是一拳，两人扭打起来。

第二天，青年在巡捕房里醒来才恢复意识，发现自己满身泥污，脸上还有伤，后悔不已。“胡适，你怎么能如此堕落！”他在心中痛骂自己，开始反省自己一年来的放荡生活。

原来，胡适在上海公学里，和一群同学一起联名反对校董事会擅改校规，缺乏民主精神，并为此宣布退学。退学之后，胡适和同学们另寻地址，想要建立新中国公学，却最终因资金不足而失败。办学不成，又不愿意回到旧公学，胡适只能留在上海找了份教书的营生。

眼看着自己泯然众人，胡适心中非常苦闷，于是开始借酒浇愁，甚至交了一群狐朋狗友，整天寻花问柳。这天他又一次喝醉酒，才有了和巡捕打架的这场闹剧。清醒过来的胡适狠狠扇了自己一耳光，决心改变这种生活状态。恰巧此时，庚款留学项目又开始招生，胡适决定参加选拔，去美国留学。

青年要学坏、要堕落很容易，要从堕落中浪子回头，却很困难。面对着大千世界的诱惑，人心可谓易放难收。胡适却在一场闹剧之后悬崖勒马，忍住了继续放纵的欲望。我们现在有个词叫“走出舒适区”，用来指人能够改变自己习以为常的生活状态，去迎接陌生的挑战。胡适走出了自己的舒适区，而接下来的道路虽然通往光明，却仍不平坦。

（三）穷留学生忍住分心

网上曾经流传过一个段子，说胡适在留学时常常打牌，连日记里都经常写着“打牌”，还曾在日记中责骂自己：“胡适之啊胡适之，你怎么如此懒惰！我立志不再打牌！”可第二天接着写下“打牌”。听起来很搞笑，这是假的。

实际上，胡适在留学期间的日记里很少写到“打牌”，更多的是记录当天读了什么书、有什么新的收获、发现了什么新的问题。不比现在很多上了大学就开始“养老”的大学生，胡适的留学生涯非常忙碌，除了读书，他还要赚钱养家。

他在美国读的是康奈尔大学的农科。为什么选择农科？原因很简单，康奈尔大学的农科专业学费全免，胡适可以省下一部分官费，寄钱回家。别忘了，这时候胡适已经是个二十出头的青年了，家里经济条件不好，几位兄长经商不如意，胡适也需要承担起养家的责任。

在康奈尔大学，胡适很忙，忙着演讲、写文章，可并非为了表达意见，而是为了演讲费、稿费。胡适在日记里叹息，为了赚钱养家已经耽误了太多的学习时间。幸好后来又申请到了另外一笔奖学金，胡适才终于能够摆脱这些营生，专心念书。

美国大学生喜欢办舞会开派对，男女生之间也经常到对方宿舍串门。胡适极少参加舞会派对，认识的女生没有几个，更别提上女生宿舍串门去。进康奈尔大学一年多，他才第一次因为有事上了趟女生宿舍楼，当天还在日记里感慨自己入学这么久都没去过女生宿舍，真是不近女色、专心念书。凭着一股一定要学成归国的韧劲和刻苦忍耐的拼劲，胡适最终拿到康奈尔大学的硕士学位和哥伦比亚大学的博士学位，才有了日后的“暴得大名”。

那个年代和现在一样，也有许多把出国留学当成旅游的留学生，胡适在留学之前还曾写过一篇文章叫《非留学篇》，指责许多留学生数典忘祖，去留学不但没有学到真本事，还把祖国给忘了。

《大学》曰：“故君子慎其独也。”胡适孤身一人负笈海外，是“忍”字的克己和勤奋的内涵，让他和当时以及现在的留学生有了不同。家境不好，祖国又正在忧难之中，美国大学生活的丰富多彩却容易让人乐不思蜀。这么多让人分心之事，需要多大的忍劲才能专心学业，胡适最清楚了。

（四）挨骂时忍住不生气

回国之后，胡适立刻被聘为北京大学教授，投入到轰轰烈烈的新文化运动中。倡导文学革命和普及白话文，让这位二十多岁的年轻博士一夜之间名满中国。人怕出名猪怕壮，出名之后，胡适被骂的次数可不少。面对被骂，胡适晚年的时候曾经说：“我挨了四十年的骂，从未生气，相反我很欢迎。”

当时的北大，集聚着《新青年》的一批年轻人，陈独秀、胡适、钱玄同、刘再复、李大钊，一片欣欣向荣之貌，但也受到守旧派的猛烈抨击。常言道，就怕流氓有文化。骂人的人如果段位很高，其实更加棘手。

而骂过胡适的人中就有一位高段位的——古文大家林纾，因为用古雅的文言文翻译外国小说而扬名。林纾骂人的方式也不是直接开骂，而是写小说，他写了两篇，一篇叫《荆生》，里头有个“美洲学哲学”的人叫“狄莫”，暗指胡适；一篇叫《妖梦》，又把胡适写成“副教务长秦二世”。在《荆生》中，胡适的结局是被巨人踩死，在《妖梦》中，胡适则是被阎罗王吃掉，总是没有好下场。这种不带脏字地骂人确实恶毒得很。林纾之所以能写这些小说，是因为北大的学生张谬子在给他通风报信。胡适知道后，不但不生气，还来找这名学生，要他给《新青年》写文章。

钱玄同不理解，问胡适：“干吗要用他的文章来玷污《新青年》？”

胡适说：“我想可以转变他为我们所用，再说他的文章也可以是一种很好的材料嘛！”

钱玄同笑了，说道：“适之，你就是同这个旧社会太过周旋、太过客气了！”

如果说鲁迅是一个天天想团灭敌人的战士，那么胡适就是想感化敌人、转变敌人的传教士。或者说，胡适也不认为有谁是他的敌人——大家只是意见不同而已。这种忍让并非妥协，而是对人与人不同的理解与悲悯。也正是这种忍让，使得胡适从来不会走到极端的道路上，而一直是中国思想界的中流砥柱。在乱世能够容忍敌人甚至想感化对方，这是何等的胸襟与气度！

（五）面对挑衅忍住不反击

1924年，军阀混战正告一段落，北京的段祺瑞想召集各界人士，开一次善后会议，商讨如何实现和平。胡适就在受邀之列。许多人劝他不要去：你怎么知道这里面有没有什么阴谋？胡适却不以为然："总该有人出来做些什么吧？就算别人不理解我也没关系，我相信这不是一个阴谋。"

胡适要参加善后会议的消息一出，舆论哗然。许多激进的学生在报纸上开骂，认为胡适是在帮助军阀、助纣为虐。年轻的学生骂起人来可就不会像老先生林纾那么客气了，都是直接斥胡适"卖身于段贼""认段祺瑞为父""军阀帮凶"等。胡适对这些言论，从来没有公开反击。他在写给朋友的信中说道：

"青年界对我的议论，乃是意中之事。生平不学时髦，不能跟人乱谈乱跑，尤不能谄事青年人，所以常遭人骂。有时见人骂我，反倒使我感觉我还保留了一点招骂的骨气在自己的人格里，还不算老朽。"

因为被骂而感到欣慰的，恐怕也只有胡适一个了吧！胡适并不是不在乎被骂，实际上很在乎，因为他不但仔细看了报纸上骂他的文章，还把精彩段落选出来做剪报，贴进日记本中，作为研究材料。日记中就看得到他对骂自己的文章的评点："这个骂法很有意思！""这个说法很好！"

子曰："人不知而不愠，不亦君子乎？"

要做到这一点，需要极强的忍耐力和极高的道德修养。他会默默扛下所有对他的谩骂攻击，然后又卸下，无论追求真理与救国的道路上还有多少明枪暗箭，他都坚定地迈出脚步。

（六）有私仇忍住不报复

1936年，鲁迅去世，这位生前骂人无数的大文豪，死后既得到了怀念和敬仰，自然也招来非议甚至诋毁。有位作家叫苏雪林，也跟着痛骂鲁迅，公开说鲁迅是“阴险无比、人格卑污无比的小人”“玷辱士林之衣冠败类”等，还为胡适抱不平——因为胡适也挨过鲁迅的骂。她写了封长信寄给胡适，想求得胡适的关注和回应，结果得到的胡适回信，却没有支持她的谩骂。

胡适写道：“我很同情于你的愤慨，但我以为不必攻击其私人行为。至于书中所云‘诚玷辱士林之衣冠败类，廿五史儒林传所无之奸恶小人’类字句，未免太动火气（下半句尤不成话），此是旧文字的恶腔调，我们应该深戒。”

鲁迅骂胡适，其实也有许多过于刻薄的话，如说他是“日本帝国主义的军师”，尤其让胡适伤心。但伤心归伤心，胡适依然不肯因此诋毁鲁迅。甚至他还在信中为鲁迅抄袭日本学者一事做证，证明鲁迅的书并不存在抄袭，替鲁迅摘掉被冤枉的帽子。

“凡论一人，总须持平。爱而知其恶，恶而知其美，方是持平。”

胡适并不是玩世不恭或者不食人间烟火，才对别人的骂无所谓。他也有充沛的感情，也会因为他欣赏的人骂他而伤心难受。但他修养太好了，好到当有人将这种负面情绪转为攻击时，胡适却依然忍耐、忍让，不忍心对别人有半点伤害。

（七）观众生忍住非议施悲悯

1922年，虽然清朝已经灭亡了十年，但根据《清室优待条例》，十六岁的溥仪还住在紫禁城里。这一年，宫里装上了电话机，溥仪觉得很有趣，想试一试，却不知给谁打电话。翻了一下号码本，他看到了胡适的名字。

溥仪前几天才读了胡适的《尝试集》，很喜欢他的白话诗，也想见一见这位大名鼎鼎的胡博士。他拨通了电话，接电话的正是胡适本人。

"你是胡博士啊？好极了，你猜我是谁？"

"您是谁啊？怎么我听不出来呢？"

"哈哈，甭猜啦，我说吧，我是宣统啊！"

"宣统……是皇上？"

"对啦，我是皇上。你说话我听见了，我还不知道你是什么样儿。你有空到宫里来，叫我瞅瞅吧。"

胡适进了宫，和溥仪见面聊了半小时，内容不外乎是寒暄、新文学之类，最后胡适还答应溥仪，有需要的新书买不到的可以托他在宫外找。没想到消息传出去，竟引起轩然大波。

"胡博士给皇帝下跪啦！""宣统给胡适加官封爵了！"无稽之谈一时间传播开来，连一些朋友都责怪胡适不应该贸然去见溥仪。胡适却不以为然："我见面只是鞠躬并无下跪，也只聊了些文学，更没有封官之事。他既然要请我，我为何不能见？"

对于骂声，胡适仍然付诸一笑。在别人看来，溥仪是末代皇帝，好像是什么了不得的大怪物，碰一下就要出问题。但在胡适眼中，他只不过是一个青涩少年，戴着近视眼镜，渴望自由却被宫墙束缚。胡适还为他写了一首诗，诗中有这么一句：

“百尺的宫墙，千年的礼教，锁不住一个少年的心！”

胡适的同情并非不讲立场，他仍然反对帝制、呼吁民主。但他知道，在大时代面前，溥仪也只是个小人物。偏见和愤慨总是很容易占据人的头脑，胡适却能够忍住对末代皇帝的偏见，不把他当成君主专制的化身，而当成一个实实在在的人。这种忍让之心，是他的大悲悯、大情怀。

（八）对强权忍住不屈服

不怕骂的也不只胡适，但是终究还是口水之战，如果伤及性命，恐怕许多人就会畏缩不前了。胡适却没有畏缩。对他来说，自由地说出想说的话才是最重要的，至于结果是被骂还是被杀，都是后话。

1929年，国民党的三全大会上，上海有代表提出议案，主张只需要省级或中央党部的纸质证明，法庭就应该将一个人定为反革命分子。胡适一听，气炸了肺，当即提笔给当时的司法院院长也是他的老相识王宠惠写信。他痛斥道：“法院可以不须审问，只凭党部的一纸证明，便定罪处刑。在世界法制史上，不知哪一世纪，哪一个文明民族曾经有过这样一种办法，笔之于书，立为制度的吗？”

除了寄给王宠惠，他又抄了一份发给国闻通讯社，打算公开发表，结果被扣下来了。几天之后，胡适在自己的阵地上打响了战争——在《新月》杂志上，他发表了《人权与约法》一文，开骂国民党，斥其“保障人权”的说法虚伪空洞。

以胡适的影响力，这篇文章一出，国民党当局确实脸被打得生疼。写文章比不过你胡博士，要权力难道还不能赢你？于是，当局通过教育部，给胡适下了一道“警告令”，想要恐吓一下他。

没想到胡适拿到警告令的文件一看，竟然开始给它改错别字！改完错别字又改语病，把文件给捋了一遍后，又写了一封信，指出这道警告令中给胡适加的罪名自相矛盾，含糊笼统，令人无法接受，于是退回。

本来想发令吓吓胡适，居然被他封还退回了，当局的脸可丢大了。当局只好组织一批专家学者，专门写文章批判胡适，集中起来出了一本《评胡适反党义近著》；胡适也不甘示弱，把批判国民党的文章也汇集起来，出版《人权论集》。

明的不行，只能搞阴谋了。于是当局给《新月》安了罪名，查禁了这本杂志，还把撰稿人罗隆基抓了起来，经胡适多方营救才救出来。这段时间，胡适也收到过死亡威胁，也有人让他闭嘴，否则将有报复，但他都不以为意。

“总要有人站出来说话！”而他绝不退让。胡适也是凡人，凡人都贪生怕死。胡适却能忍住怯懦与退缩，“志士仁人，无求生以害仁，有杀身以成仁！”

（九）在乱世忍耐挑重担

胡适曾经发过愿，一辈子不当官。1938年，他终于打破了这一戒律，出任人生第一个官职——中国驻美大使。这是中国最困难的时期，最难当的官。

此时，抗日战争正节节败退，国内、国际上都有关于中国的悲观的声音。

但胡适自有他独特的优势——他那好到爆棚的人格魅力，不仅征服了美国民众，连罗斯福总统也为之倾倒，两人建立起私交，有力地推动了工作；他主张诚实外交，不玩弄技巧，也在美国社会赢得了极大的好感。

1942年的前四个多月，他就“旅行一万六千英里，演讲百余次”。高强度的工作压垮了胡适的身体，他的心脏病时时发作，可他不敢耽误工作。他在写给朋友的信中说：“我在此三年，不曾有一个周末，不曾有一个暑假。”

在胡适肩上的重担，是中华民族的生死存亡关头，能不能争取到国际社会的支持，对中国抗日战争有举足轻重的作用。在这时候选择出任大使，胡适是勇敢的，虽千万人吾往矣！可他并不自认英雄，如同在他自己写的小诗中所道：“已是过河卒子，只能拼命向前。”

YONG GUDU HE
SHIJIE DUI TAN

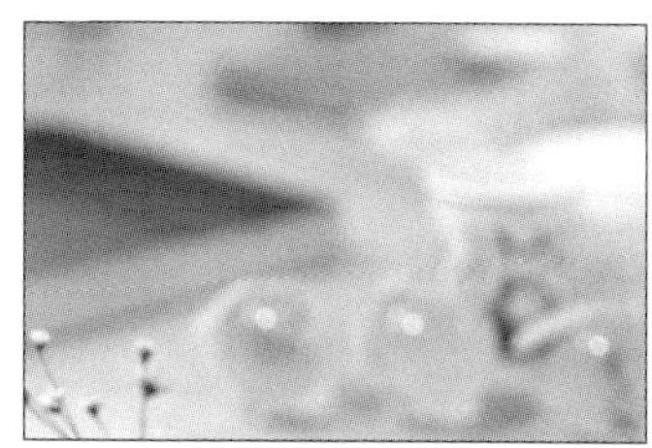

蔡元培

会造炸弹的才华校长

文/刀子

生　平：蔡元培（1868-1940），国民党元老，民国第一任教育总长，也是民国最穷的教育总长。1916年至1927年就任北京大学校长，革故鼎新，倡导“学术”与“自由”之风，开时代之风气。

代表作：北京大学就是他最好的作品。

名　言：大学者，研究高深学问者也！

推荐语：以校长身份，而能领导那所大学对一个民族、一个时代起到转折作用的，除蔡元培外，恐怕找不出第二个。

（一）名字多，头衔也多

介绍蔡元培是个麻烦的事，首先名字多，本名是蔡元培，又化名蔡振、周子余，先是字鹤卿，又字仲申，民友，孑民……

其次头衔也多，革命家、教育家、政治家、文学家、学问家等。当过国民党的中央执委、国民政府的监察院长、中华民国的首任教育总长等，都是部级大员。但是，这些都不重要，最重要的是，他当过北大的校长。

（二）你见过造炸弹的校长吗？

绝大部分人不知道蔡元培去北大教书之前是干什么的，其实他是造炸弹搞暗杀的。但他也不是一出生就是造炸弹搞暗杀的，在造炸弹搞暗杀之前，他还是个教书先生，这其中有一段故事。

但凡厉害人物，都有一个传奇的少年经历。蔡元培十七岁中秀才，二十三岁中举人，二十四岁中进士，二十六岁成为翰林院编修，基本够得上传奇。正当亲友觉得他前途无量时，蔡元培却甩手不干了。1898年9月，本当大展身手的蔡元培却打了个长期休假报告，悄悄地离开北京，跑回老家去了。

跑回老家干吗呢？教书。脚都还没歇下，蔡元培就接受绍兴知府的邀请，跑去邵兴中西学堂当校长了。**放着前途无量的党校干部不做，非要跑回去做个连编制都没有的教书匠，一般人还未必敢，**

但蔡元培敢，他就是为教育而生的。

到校后的蔡元培，踌躇满志，聘任新教员，修订新章程，还把政府严厉查禁的《强学报》《时务报》《国闻报》拿来给学生看，学堂内一时哗然。有人改革，就有人阻拦，还是在大清朝的眼皮子底下，旧派教员薛炳、任秋田就特别不服，但又没有炸弹，也没有手枪，就打小报告，请学堂的督办徐树兰干涉。

徐树兰一听，急了，将大清帝国的专制主义核心价值观“正人心”的上谕送来，让蔡元培挂在学堂里，每天对着看几遍，好好改造下思想。蔡元培一听，火了，这算什么，你挂我就辞职。学督以为他在吓唬人，坚持要挂，蔡元培真的愤而离去。

在一个腐朽没落还如此冥顽不灵的朝廷统治下谈教育救国，那简直是个笑话，最好的办法就是推翻它，把它炸得稀巴烂，再建立起新的秩序。

蔡元培开始了他的炸弹救国。

1904年，蔡元培秘密加入了杨笃生成立的“暗杀团”，“跪而宣誓，并和鸡血于酒而饮之”，成了名副其实的刺客、杀手。是杀手就得杀人，暗杀团的首要目标便是大清帝国的最高领导人——慈禧。

他们最先想到的是“投毒”，有人配置出氰酸，蔡元培弄来一只猫，灌了几滴，猫便死了。毒药是配好了，但问题来了，怎么投给慈禧呢？投毒不行，蔡元培想到了炸药，可以在慈禧出行的路上埋伏，或者干脆挖个地洞到慈禧的寝宫下面，再将其炸死。后来汪精卫就是这样做的，差点就把摄政王载沣炸死。

蔡元培带领研制小组，买书籍、买材料，日夜攻关，反复试验，终于研制出一种体积小、威力大的炸药，准备伺机而动。

11月19日，暗杀团成员万福华在上海行刺前广西巡抚王之春，未成，被捕入狱。暗杀团成了恐怖集团，老窝也被清政府给端了，蔡元培只好藏了起来，短暂的刺客生涯也就告一段落。

第二年，中国同盟会在日本东京成立，蔡元培加入其中，并被孙中山委任为上海分会的主持人，还是黄兴亲自将孙中山的委任书送到上海。就这样，蔡元培便跟着孙中山干革命去了。

从唐至清，1200多年，翰林何其多，然而，以翰林身份，造炸弹、搞暗杀、干革命，除了蔡元培，世间再无第二人。

（三）意外地首任教育总长

1911年，意外的武昌起义却意外地成功了，而孙中山也意外地成为首任中华民国大总统，蔡元培则意外地成为中华民国首任教育总长。在这之前，蔡元培也没闲着，以不惑之年去德国留了四年学，准备迎接他的天降大任。

好歹也是个正部级官员吧，孙中山却告诉他没有办公室了，你自个儿想办法吧。蔡元培蒙了，最后还是在马相伯的帮助下，在外面租了三间房子算作办公室。

搞定办公室后，蔡部长从大街上招来了一辆人力车，前去拜见孙中山。结果没给他钱，也不给他人，就给了一块教育总长的大印，蔡元培又坐着人力车回来，这个教育部长才算是正式上任了。

办公室和大印总算是有了，但是个光杆司令。办公室可以寒碜，人不可以，不但不可以寒碜，还必须是一流的，鲁迅、许寿裳、王云五等一群牛人便是这个时候被蔡元培发现，并请进教育部的。

总共也就三十来个人，办起事来比现在动辄上千上万人的部门还牛，短短两个月时间，他们分别起草了小学、中学、专门学校以及大学的各项制度。

蔡元培还首次将“五育并举”的教育思想写进了中国的教育

政策中，“军国民教育、实利主义教育、公民道德教育、世界观教育、美感教育皆近日之教育所不可偏废。”**一般人还真没有这样的气魄和胆量，蔡元培就是这样厉害。**

（四）蔡元培又辞职不干了

据统计，蔡元培一生辞职24次。在一个动荡不安、黑白颠倒的年代，辞职其实是一种自我保全、以退为进的手段，当然，前提是你得有那个实力和气魄，不然就是作死了。

1912年7月2日，为抵制袁世凯的专制独裁，蔡元培又辞职不干了。**袁世凯说：“我代四万万人坚留总长！”蔡元培答：“元培亦对四万万人之代表而辞职！”**不卑不亢、掷地有声，蔡元培以四十六岁高龄又跑到欧洲游学去了。

三年后，袁世凯早已命丧黄泉。一份来自教育部长范源濂的急电再次撩动了蔡元培平静的心：

“国事渐平，教育宜急。现以首都最高学府，尤赖大贤主宰，师表群伦。海内人士，咸深景仰。用特专电敦请我公担任北京大学校长一席。务祈鉴允。早日回国，以慰瞻望。启行在急，先祈电告。”

或许正是“教育宜急”这四个字真正打动了蔡元培的心，1916年11月8日，蔡元培启程回国。

身边的朋友却并不看好这件事，吴稚晖就说：孑民啊，这天下事呢，你说办得呢，它又办不得；你说办不得呢，它又办得。（意思就是：呵呵，元培啊，你不要那么天真！）

蔡元培却铁了心要去。

1917年1月4日，蔡元培抵达北京，当天的报纸上是这样登载的：**大风雪中来此学界泰斗，如晦雾之时，忽睹一颗明星也。北京**

成新政新事，人们对改革之举充满期待。

蔡元培注定要改写历史。

（五）大学真精神之一：大学者，研究高深学问者也！

蔡元培之前，北大是什么样的呢？最好的办法就是采访下附近的青楼女。在当时北京最为繁华的烟柳之地“八大胡同”，就流传着“两院一堂”的说法：来这里寻欢作乐的大爷，多是“两院一堂”的人，“两院”指的是国民政府的参议院、众议院，是当时的最高立法机构；“一堂”呢，京师大学堂，北大前身，是当时全国最高学府。

当时的北大里面，学生都不叫学生，叫“老爷”；老师也不叫老师，叫“中堂”。有“老爷”上课还随身带着跟班，上课时间到了，跟班跑到“老爷”面前，口呼：“大人，请上课。”

体育课更搞笑，体育老师都是这样对学生发号施令的：“大人！向右转！”“大人！向左转！”这样的地方，能培养出人才那就怪了。

蔡元培决心改革！

五天后，在北大的开学典礼上，蔡元培发表了他那篇著名的就职演说。针对学校的不良风气，蔡元培提出了三项要求：“抱定宗旨”“砥砺德行”“敬爱师友”。并开宗明义，阐发他对大学性质的理解：**“大学者，研究高深学问者也。”“大学生当以研究学术为天职，不当以大学为升官发财之阶梯。”**

蔡元培的话掷地有声，足以让当时的北大众人为之震撼，也正是从蔡元培的这一句话开始，中国的大学才真正拥有其独立的人格：**大学就是大学，不是权力的依附，更不是你升官发财的阶梯。**

罗家伦后来回忆说："那深邃、无畏而又强烈震撼人们心灵深处的声音，驱散了北京上空密布的乌云，它不仅赋予了北京大学一个新的灵魂，而且激励了全国的青年。"

（六）大学真精神之二：兼容并包，囊括大典

要改革，就要有人才，作为校长，不但要会识人，还要会留人、挖人。挖墙脚，蔡元培最擅长了。1917年1月，北京西河沿胡同中西旅馆，天刚亮，蔡元培就戴着他的金丝边眼镜缓缓而来，探望六十四号房客。

"他还没起，我去叫！"伙计答。

"不必，给我拿条凳子来就行。"堂堂北大校长，一大早便坐在凳子上等待着这位神秘的六十四号房客，而且，不是第一次来了。这位客人并不是什么大官，也不是什么名儒，论功名，只是个穷酸秀才，他叫陈独秀，蔡元培要请他做北大的文科学长。

看到门口的北大校长，陈独秀吓了一跳，便开始了他们读书人式的对白：

陈独秀："失敬，失敬。"

蔡元培："仲甫先生，孑民今日乃为聘请之事而来。"

陈独秀："谢先生美意，只是在下才疏学浅，恐难担此重任。"

蔡元培："先生有何难处，望直言，孑民定当竭力为之。"

陈独秀："仲甫再三推辞，内中有两个原因。"

蔡元培："愿闻其详！"

陈独秀："第一，仲甫既无博士学位，又无教授职称，怎可充当文科学长？第二，仲甫身为《新青年》主编，每月出刊一期，编辑部在上海，无法脱身。"

蔡元培笑了笑："好办！"

就这样，陈独秀硬是被蔡元培请来了北大。学位怎么办？蔡元培给他发了张"东京日本大学毕业"的证书；《新青年》呢？被搬来了北大。

除了陈独秀，还有梁漱溟。

1917年，年仅二十四岁的梁漱溟报考北京大学，因分数不够，遗憾落榜，就在他伤心失落的时候，却意外地收到了北大校长蔡元培的聘书。原来蔡元培看了梁漱溟写的《究元决疑论》，第一次用西方现代学说阐述佛教理论，根基甚厚，"梁漱溟想当北大学生没资格，那就请他到北大来当教授吧！"

陆续被蔡元培请来的还有胡适、鲁迅、周作人、刘半农、钱玄同等人。然而，就是这群人，日后酝酿了一场改变中国、影响至今的"五四新文化运动"。历史证明，蔡元培的眼光果然独特。

学校的老教授怎么办？蔡元培说："视其学术造诣，该留的留，该去的去。"

有几位英、法教师的饭碗就被蔡元培给砸了，他们不服，扬言要去法院告，差点引发外交事件。当时的英国公使亲自登门，先是劝诱，然后威胁。蔡元培不为所动："绝无可能！"

被留下来的有谁呢？拖着辫子的辜鸿铭、带儿子上青楼的黄侃、会移动的书架陈汉章，以及马叙伦、沈兼士等人，都是一流的学者。于是，在北大形成了这样神奇的一幕：一边是拖着辫子、穿着长袍的晚清遗老在讲着流利的英语，一边却是西装革履、皮鞋手表的文艺青年在讲着孔子和老庄。这边是恃才傲物的黄侃对着学生大谈"妻丧速归"，那边却是温文尔雅的胡适"谢谢，不去了"的巧妙对答。

兼容并包，囊括大典！也只有蔡元培时期的北大才有如此的魄力与胸襟：**只看学问与格局，不看政见与观点；不管你是谁，只要学问了得，同样受人敬重。**

（七）大学真精神之三：教授治校

1922年10月，数百名学生在宿舍门口集合，然后集体将北大红楼包围，高喊拒交讲义印刷费，要求学校收回成命，这便是著名的“讲义风波”。蔡元培闻讯，立即赶往现场，一改平时的温良，告谕学生：“你们闹什么，这是教授评议会做出的决定，你们必须服从。”

学生被镇住，大部分散去，仍有一些学生不予理睬，甚至涌进办公室，要找主张这条“可恶规定”的人算账。蔡元培毫无惧色：“谁敢违背教授评议会的决定，我和你们决斗。我是从手枪炸弹中历练出来的，你们如有手枪炸弹，不妨拿出来对付我。”

学生从未见过如此阵势，纷纷退去。

在蔡元培的心中，哪怕是“民意”，也无法动摇教授评议会的决定。这便是“教授治校”的威力。

蔡元培刚进北大时，沈尹默便建言：“中国有句古话，百足之虫，死而不僵，与其集大权于一身，不如把大权交给教授，教授治校。”蔡元培深以为然，完全采纳，教授评议会就此成立，校长为议长，评议员包括各科学长和主任教员、各科教授每科两名，由教授自行互选，任期一年。

随后还成立了行政会议、教务会议和总务处。北大教务会议有个旧习惯，一律用英语，严重影响效率，蔡元培规定：以后一律用中文。

外籍反对：“我们不懂中国话。”

蔡元培答：“假如我在贵国大学教书，是不是因为我是中国人，开会时你们说的便是中国话？”

外籍教授无言以对，从此会议一律改为中文。

教授治校，工作效率如何？只看一点，当时数千人规模的北大，只有一位校长，没有副校长，校长办公室也只设秘书一人，处理日常往来函件。行政会议、教务会议、总务处三足鼎立，各司其职。

教授是大学的核心，没有了教授，一所大学也便失去了意义。教授治校，才是一所民主大学应有的模样。让一群只懂得形象工程的官僚去管着大学的发展，有未来才是怪事。

（八）大学真精神之四：读书不忘救国，救国不忘读书

1919年春，在巴黎举办的“和平会议”，并没有如人们期待中那样大获成功，山东的权益竟被日本所侵占，举国激愤。

5月4日，北京各校共5000名学生游行示威，行动却出人意料，甚至出现焚宅殴人的越轨局面，最终有32名学生被捕，其中北大学生20人，这是蔡元培所不能容忍的。

当天晚上，蔡元培来到三院礼堂，对着学生讲：“发生这种事，我这个校长要引咎辞职，不过在我辞职之前，一定会把32位学生保释出来。”蔡元培四处奔走，最后以身家作保，要求当局释放被捕学生。终于，5月7日，被捕的学生被释放，蔡元培率领全体师生亲自迎接。

当大家都以为事件已完美结束时，蔡元培却因为营救学生而得罪了亲日派。由于不愿意因个人原因而使事态进一步扩大，蔡元培决定辞职。

5月9日，蔡元培割掉长须，登上南下的火车，悄然离开了北

京，并于《晨报》刊登声明一则："杀君马者道旁儿，民亦劳止，汔可小休，我欲少休矣；北京大学校长，已正式辞去。"

蔡元培要辞职，北大的学生和老师却坚决不同意。5月19日，北京各校再次罢课请愿，学生还亲自组成了"南下代表团"，由张国焘带队，希望劝返蔡元培。9月12日，蔡元培由杭州返回北京，重新主持北大校务。

（九）世间再无蔡元培

1940年3月3日晨，蔡元培起床后刚走到浴室，忽然口吐鲜血跌倒在地，然后昏厥过去。两天之后，医治无效，溘然长逝，年七十二岁。

然而，这位曾经以一己之力影响着整个时代变迁的北大校长，死后竟无一间屋、一寸土，还欠下医院千余元医药费用，就连入殓时的衣衾棺木，都是商务印书馆的王云五代筹。

国民政府发布褒奖令："道德文章，夙孚时望""推行注意，启导新规，士气昌明，万流景仰"。远在延安的毛泽东发表唁电："孑民先生，学界泰斗，人世楷模。"

蔡元培之前，北大校长无数，蔡元培之后，北大校长依旧往来不绝，然而一提起北大校长或是大学校长，我们最先想到的却一定是蔡元培。缘何？因为他凭借着一己之力，缔造了中国大学应有的模样和精神。

正如杜威所说：**"以校长身份，而能领导那所大学对一个民族、一个时代起到转折作用的，除蔡元培外，恐怕找不出第二个。"**

YONG GUDU HE
SHIJIE DUI TAN

齐白石

活在
自己的 节奏里，
分秒都是 黄金 时区

文 / 林饱饱

生　平：齐白石（1864.1.1—1957.9.16），原名纯芝，二十七岁改名璜，字频生，号白石山人，又号寄园；湖南长沙人，著名画家。

1878年，开始临习《芥子园画谱》，习花鸟、人物画。

1888年，拜民间艺人萧芗陔为师学画肖像。

1889年，拜胡沁园为师学绘画，为人作肖像养家。

1917年，赴北京结识陈师曾。

1919年，与胡宝珠结婚，从此定居北京。

1949年，担任中央美术学院名誉教授。

1953年，获文化部授予的“人民艺术家”称号，当选为中国美术家协会第一任理事会主席。

1957年，担任北京中国画院名誉院长，5月到6月间，作最后一幅作品《牡丹》。9月16日，在北京医院逝世，享年九十三岁。

代表作：《墨虾》，红花墨叶派。

名　言：学我者生，似我者死。

推荐语：一个年近三十的木匠转行画画，一画就是六十年。画了三十年，默默无闻，依然耐得住艺术的冷板凳。晚年为毛主席所极力推崇，九十岁高龄仍熬夜挑灯临画，一生坚持不画没见过的东西。

引子

现在的人着急，三十而立，拿什么立足？房子、车子、票子、妻子和儿子。

现在的人着急，四十不惑，怎样才不惑？事业成功、家庭幸福、儿女双全。

成功的标准被世俗固化，好像成功不趁早，就再也没翻盘机会。

可有的人二十六岁还没找到想做的事情，四十岁拼尽全力马马虎虎养家，六十七岁之前都没钱买房，八十三岁却依旧在谈恋爱生小孩，九十多岁还能开创新的国画表现手法。

没错，他是齐白石。

他一生的经历都在告诉我们，**人生并没有所谓的“在正确的时间做正确的事情”。活在自己的节奏里，每分每秒都是黄金时区。**

（一）不想快点挣钱，只想半路出家学画画

齐白石，最初也不叫齐白石。从前人家名叫纯芝，从小在家学木匠手艺，所以人称芝师傅。芝师傅还是小芝时，那年十二岁，家里就给他定了童养媳陈春君。待到十九岁，他和陈春君拜了堂，成了真正的男儿郎。

婚后，芝师傅出去做活，在主顾家里发现了一本乾隆年间翻刻

的《芥子园画谱》。他的眼睛瞬间亮了，赶紧把书借回家，每日收工后，点起松油灯，一幅幅勾画。不到半年时间，勾画的习作都可以订成16大本了。

此行为放现在看，还挺不靠谱的，结了婚不好好工作挣钱养家，还去搞那些有钱人家玩的把戏。好在，陈春君没那么现实，婚后八年，和纯芝二人世界，没有养儿负担，可以尽情继续“无用的爱好”。

在有用的事情之外，做一些无用的事情，也许它就是平淡的生活中突破自己的新领地，何况没有哪一步踏实的路是白走的。阿芝的无用折腾，朋友看在眼里，顺手把他介绍给湘潭画像第一名手萧芗陔。芝师傅成了芝学生，真正走入国画的大门。

芝学生好学，不停地拜师，二十七岁那年，他遇上胡沁园老师。胡老师仔细观察阿芝的画，觉得整体还是很上道的，但就是哪里看着奇怪。原来是缺个别号，画画题款显得不专业。胡老师看阿芝家附近有个白石铺驿站，白石铺虽然无名山大川，可田园风光倒也十分美好，索性就叫“白石山人”吧。不过齐白石懒，画画这么辛苦，落款还写四个字，后来就只写“白石”二字。

画了几年，齐白石画出了一些成绩。湘潭绘画圈顶尖高手王闿运听说了，既被齐白石的画技惊艳了，内心又有点小情绪。王闿运这个人最重名声：这个芝木匠画画倒是有几分天赋，却不来向前辈我请教，看不起我吗？这话传到齐白石耳朵里，齐白石却高兴得不得了，其实他早就想拜王闿运为师，只是怕老师不肯收他，这下正好顺水推舟，正式拜师学艺。

（二）不想安逸养老，只想永远折腾，永远画画

齐白石一画就画到五十岁。前半辈子，齐白石结识了夏午诒、

李梅庵、郭葆生、樊樊山等名家，访遍名山，他决定后半辈子回到家乡，好好享受晚年生活，也把看过的风景画出来。没想到，由于连年战乱，家里乱得根本待不下去。就在他愁眉苦脸的时候，好朋友樊樊山请他到北京来暂住，卖画为生，也能补贴家用。

老都老了，齐白石还是那么爱折腾，只要能全心画画，他不怕再折腾一回。陈春君也全力支持：反正家里孩子都长大了，我也习惯了这种生活，你去北京吧。

改变命运的往往不是日复一日的兢兢业业，而是突如其来的意外。齐白石一来北京，就遇到了命中贵人陈师曾。陈师曾是吴昌硕的学生，也是他之后新文人画的重要代表人物，最擅长画花鸟。当时，齐白石的画在京城不受待见，别人一张画卖四个银元，他卖两个银元，还是没什么人想买。但陈师曾看了他的篆刻和画，特别欣赏他，登门拜访，指出他不以模仿前人为满足，有不断创新的艺术精神，也鼓励他不要迎合别人，闭关十年，发挥个性，走自己的路。

廖一梅曾经说："人这一生，遇到爱，遇到性，都不稀罕。稀罕的是遇到懂得。"这不局限于男女之间。齐白石后来在国画史上自创一派，不得不感谢陈师曾的慧眼和懂得。

（三）不怕被人笑话，老少配又如何

齐白石后半生会那么精彩，还得益于贤妻陈春君。陈春君除了给齐白石一个安稳的后方，还体贴地为他提供了一个灵感的源泉。

那年，齐白石五十七岁，陈春君来北京探望他，还带来一个十八岁的少女。没错，陈春君觉得夫妻两人长期异地，她一把年纪了，没法长期两地跑动照顾夫君，于是，选了一个标致的婢女胡宝珠给齐白石做二房。贤妻贴心如此，齐白石原来还推托几番，五十七配十八，一束梨花压海棠要遭人笑话的，但过不了多久他就接纳了这番心意。

张小娴说：好的爱人，是你透过一个人了解了全世界。齐白石当时应该想不到，胡宝珠不仅让他看到了全世界的美好和活力，更激发出连他自己都不清楚的生命力和艺术爆发力。

（四）一张画不值一棵白菜，大师从前也被当成渣渣

在陈师曾的鼓励下，齐白石决定闭关十年，潜心画画。越画越郁闷，王羲之写《黄庭经》可以换白鹅，李太白醉酒还能写蛮书，林和靖梅妻鹤子、仙骨一生。都是学艺术的，他们佳话佳作都有，我什么都没有。

彼时正是北平大风扬沙天，齐白石坐在画室里画画，听到外面在吆喝卖大白菜，他灵光一闪：要是画一张白菜画，出去换上一车白菜，也够得上有故事、有下酒菜。很快，他就将画卷好背在后面，走出去跟卖菜老农说上几句。

老农以为他是个大主顾，赶紧将最好的白菜挑上来，称得高高的，结果齐老从后面摸出一卷纸说："我拿我画的白菜，换你这一车白菜，怎么样？"那老农听了，连忙拉车就跑："你这人是不是有病，一张纸换一车白菜，当我傻了。换一棵都嫌多。"齐老的美梦落空了，只得夹着画灰溜溜地回到画室。

（五）不怕走错路，模仿徒弟也自得

有一天，齐白石从外面回来，兴高采烈地跟宝珠分享他手里的

“宝藏”《梅鸡图》。宝珠还以为是哪位名家的作品，没想到那位作者是未来时艺术家，师出未成名，那时还是老齐的学生。可是，齐白石觉得他画得有意境、有突破，特意借来临摹。

他临学生的画，就如当年仿《芥子园画谱》一样锱铢必较。一星期后，他把自己临摹的画送给徒弟，而徒弟的原作留下来继续研究，连原作者都觉得真假难辨。

绘画界一代宗师吴昌硕曾说，用半年时间去临摹名家作品，有天赋、够勤奋，临到极致不是不可能；但要开创出自己的风格，也许需要五十年的积累和创新。吴昌硕的学生陈师曾与齐白石有交情，曾提醒齐白石：他画中名家痕迹很重，说好听点是有传统根基，说难听点是缺乏自己的灵魂。齐白石记心上了，怎样才能成为像吴昌硕那样的大师呢？吴昌硕太经典了，怎样在他的基础上创新呢？那就只能做跨界加减法——偷一点大师的精髓，加一点从别处借鉴的灵感。艺术面前无贵贱、没界限，齐白石不耻下学，学自己学生的画作，又偷师大师吴昌硕，为己所用。

积累到一定量，不爆发都难。终是有一天，他在住的寺庙内发现了一块刻有小鸟图案的奇石。那只小鸟，简单童稚，并没有什么深刻的，却触动齐白石内心最本真的情感，让他顿然开悟：最高的艺术境界就是天真自然。很快，齐白石回到画室，铺开画纸，凭记忆描摹出刚刚那只小鸟，并题字为“真有天然之趣”。

一瞬间，花光齐白石半生的积累，换来艺术界的新画风。齐白石从此有了自己的创作风格，后来又开创出最著名的齐氏红花墨叶派。以往吴昌硕画花，虽不像工笔画一样笔笔求真、模仿真实的花，但也基本遵照红绿对比的规律。齐白石红花墨叶派的独创性在于，直接画出红花对墨叶的硕大花卉。超越实物，艺术上更上一层楼。

曾经有人说，成熟的麦穗都自然而然地低头。低头，才能发现更多别人身上值得学习的地方；低头，汲取更多营养之后才能更自信地昂起头颅。

（六）不倚老卖老，跟梅兰芳成忘年交

艺术不分家。梅兰芳唱戏厉害，骨子里就是一个文艺青年，特别喜欢收藏画。

有一次梅兰芳跟齐白石有了交集，一看他的画就迷上了，想拜齐白石为师，又不好意思说出口。没想到齐老特别亲切，主动画了一幅牵牛花图送给他。两人就因这点艺术默契成了忘年交。彼时，齐白石虽然有不少圈内粉丝，但名气还不是很大，而梅兰芳年纪轻轻就已经是京剧名旦。

某次，齐白石到一个大官家里做客，宾客满座，都是罗绮人。齐白石不受待见，被冷落在一旁，尴尬极了，正犹豫要不要开溜。没想到这时，梅兰芳进来了，一进门就热情地跟齐白石聊天。大家一看大名鼎鼎的梅兰芳如此尊重齐白石，都簇拥过来，对齐白石热情起来。梅兰芳顺势先斩后奏向大家介绍：这是我的画画老师齐白石先生。齐白石名声可以说是从这时开始传开的。那一年齐白石五十八岁，梅兰芳二十六岁。他们亦师亦友，相互扶持。

（七）不困于年龄，靠超级粉丝徐悲鸿成万人偶像

六十六岁那年，是齐白石闭关第十年。当年陈师曾笃定齐白石只要闭关十年，必定大有作为。可惜陈师曾几年前英年早逝，齐白石以为这辈子画画就这样了，也没有知音相互指点。

就在这时，徐悲鸿成了齐白石的超级粉丝，大力在绘画界推荐他。一开始，反对的声音很重，但徐悲鸿大声疾呼：齐白石的画妙在自然，致广大，尽精微……超级粉丝徐悲鸿在展览会上预定齐白石的画，给齐白石编画集，并亲自写序，送到上海出版。除此之外，还请齐白石到自己任院长的北京艺术学院做教授，每天驾车接齐老到校上课，对学生隆重介绍齐老："齐老师可以和历史上任何一位丹青妙手媲美，他是我的老师，以后也是你们的老师……"

齐白石的成名，主要在于年轻有为的徐悲鸿的神助攻。难怪齐白石对徐悲鸿说：生我者父母，知我者君也。

纽约时间比加州时间早三个小时，但加州时间并没有变慢。仲永七岁就成才，齐白石快七十才成名。世上每一个人都有自己的发展时区，有些人快，有些人慢，没所谓领先，没所谓落后，心态轻松，坚持行动，你的黄金时刻终会准时到来。

（八）没有适合当爸爸的年龄，只有适合的心情

齐白石的艺术终于迎来春天，这不，生命也迎来第二春。

五十九岁，应该是一般男人当爷爷的年纪，齐白石却又当了第六次爹。陈春君给他生了五个孩子，除了一女夭折，还有三子一女。这一次，二十岁的宝珠给齐白石添了第四子。齐白石又惊又喜，大概觉得这是一件姗姗来迟的喜事，于是命名良迟。没想到，两年后，宝珠的肚子又鼓了起来，不久又有了第五子良巳。

齐白石的六十一岁到六十九岁，正值胡宝珠的二十二岁到三十岁。女性的最佳生育期，齐白石一点也没耽误，这段时间宝珠连生三女。齐白石仿佛减龄四十岁，重新经历一次择城、定人、成家、立业。六十七岁那年，齐白石终于在北京买了房，结束了北漂生

活，为新家庭提供了一个盛爱的基础。

六十九岁那年，齐白石抱着刚出生的女儿，笑着给她起名良止。他大概以为她是自己父亲生涯的终结者，小女儿特别受宠。

（九）有钱浪费，一样可耻

齐老成名以后，领导人都对他很关心。

毛主席和齐白石是老乡，也很欣赏他的艺术才华。1949年，毛主席亲笔致函齐白石，请他以无党派人士参加新政治协商会议。之后，毛主席非常关心齐老的生活，曾派人送了三棵人参给他补身体。齐白石收到后一直舍不得吃，装在玻璃匣里，天气好的时候就拿出来晒晒太阳。

周总理看齐老辛苦半生，一家十几口人住在北京一所小房子里，就给他换了一所大房子。结果搬过去没几天，齐老住不惯哭得死去活来就要回去。大家都不明白，只有老舍懂他的心意：节俭了一辈子，让他在大四合院里每天坐着看花木，太奢侈了，还真闲不住。

齐老最讨厌书法家智永，倒不是文人相轻，而是三观不合——智永这个人太浪费。智永生在唐代，唐代的毛笔跟我们今天用的水笔一样，写坏了笔头，拆下来换就是，不会连笔管一起扔掉。可是智永不这样，他每天洋洋洒洒，笔写秃了，挥手一扔，不要了。而齐老即使很有钱时，也从来没有扔过一支毛笔。不仅这样，齐老画画从来不用好纸，是张纸就画，连包纸的纸皮都不放过。

看一个人的人品，不能光看他落魄时，更要看他得意的时候。落魄时节俭，是被逼无奈，得意时保持不变，才是一个人深入骨髓的坚持。

（十）八十岁又当爹，怎么样

该来的挡不住，七十二岁那年，齐白石又有了第十一个孩子良年。六年后，宝珠又生下一个儿子。这一年，齐白石七十八岁，胡宝珠三十九岁。他们给儿子命名良末，多年前的良止不是终结者，这应该就是小儿子了吧。反正都一把年纪了。想不到，齐白石八十三岁时，宝珠又怀孕了。可惜她高龄产子，最终难产而死。

齐白石和胡宝珠感情笃厚，他比小娇妻大快四十岁，总担心自己百年之后，她带着一群孩子没有依靠。没想到小娇妻突然离世，他很痛苦，亲笔写祭文悼念：

“今朝事到眼前，岂食言于我夫人。故将我夫人之柩，暂寄宣武门外法源寺。俟时乱稍平，决不负我夫人也。呜呼，尚飨！”

（十一）出了名也不占名声的便宜

良末成长的时光，是齐老八十岁到九十多岁的日子。

良末后来告诉记者，小时候跟父亲睡在一张床上，半夜醒来，父亲常常不见了。

这么晚了，父亲上哪儿去了？于是，良末爬起来找，结果，父亲趴在画室的桌子上正在认真描红。描红是儿童学字启蒙阶段用的方法，名扬天下的父亲却也这么做。

良末很不解，结果齐老说，我老了，名声在外，耳朵能听到的都是夸奖，我到底画得好不好，我自己也犯糊涂。许多有名望的画家到最后画的东西都放得太开了，自己收不回来。我要管住自己，用描红的方式使笔法有放也有收。

齐白石出名之后很多人找他画画，良末说他的原则是坚决不画没见过的东西。世界和平委员会请齐老画和平鸽，齐白石平时很少见到鸽子，为了画好，专门让家里人养一群鸽子，有事没事观察它们的起落。开始画时，画到鸽子的羽毛，齐老拿捏不准应该画多少羽毛。他不想将就，就让一个儿子逮着一只鸽子，直接数羽毛。逮到的那只鸽子数出十二根羽毛，他就按着十二根去画。

人有两只眼睛，两只耳朵，却只有一张嘴，是因为评价别人的话用一张嘴说就够了，倒是需要两只眼睛，一只审视外界，一只洞察自己；需要两只耳朵，一只听赞美，一只听批评。

道理人人都懂，但名满天下仍能不忘时时审视自己，清醒而时时奋进，实在难得。

不活在名声里的人，才能活在进步里。

（十二）不占艺术的便宜，也讨厌占便宜的买画人

现在，齐白石的画拍卖到几千万的不在少数，但他生前的画卖得并不贵。他刚到北京时，吴昌硕给他的画定价：4尺12元，5尺18元，6尺24元，8尺30元，册页、折扇每件6元。即使后来齐白石成名了，但这个画价一直没变。他并不想占名声的便宜，也不想占艺术的便宜，可是也坚决抵制想讨价还价、占便宜的客人。

有人死皮赖脸，取画时跟齐老说："先生再添条虾吧！"齐老白了他一眼。

他还继续不依不饶："齐先生受累了，再画条鱼吧，我内人最喜欢鱼了。"齐老鄙视了他一眼。

当着众人的面，齐老也不好驳回他，只见纸面添了几笔，这下满足你了，不仅有虾有鱼，还赠送你一只蟹。

只是这些新加的小东西都不大精神，看着就像离水几天，要翻肚子死掉了一样。

客人问："齐先生这些鱼虾看着怎么像快死的？"

齐老坐在圈椅中斜着头说："市面上的活虾活鱼多贵啊！"一句话怼得那人没话说，以后再也没谁敢来乱占画家的便宜。

齐白石有点抠，不过抠得明明白白，从来不白白让人占一分便宜，抠成老天真——毕竟穷苦六七十年，老来发达，习惯难改。

老舍跟齐白石关系很不错，他和几个文艺界名人都常去齐白石家做客。常做客，就总结出做齐家客人的必备素养：一、会聊天；二、光聊天就好，不吃东西；三、如果主人热情拿东西给你吃，你一定要表现得很高兴，但一定不要吃。

为什么会这样呢？因为白石老人家有专门招待客人的零食道具，就是一个碟子，装着几块月饼和几粒花生。逢人就给，但你要真吃，白石老人是要生气的，因为你这是浪费他的待客道具了。常年累月，口耳相传，人人皆知白石的待客之道，也就没人敢吃那点发霉的宝贝零食了。

（十三）八十岁生孩子没什么，九十三岁还要征服小姑娘

胡宝珠逝世一年多后，齐白石跟比他小四十岁的护士长夏文珠好上了。奈何子女疑心夏护士看上的是父亲的钱，文珠做了六年有实无名的齐夫人后悄然离开。九十一岁的齐白石又恢复单身。

两年后，著名小提琴作曲家马思聪的女儿马瑞雪去看望齐白石，看他孤独，就给他介绍了一个四十四岁的女子，不料齐老黑着脸拒绝："实在是太老了。"马小姐后来又给介绍了一个二十二岁的，齐老一看就心花怒放，兴致勃勃要结婚办喜事。可惜好事筹备

时，齐老就去世了。

齐白石这一辈子，不按套路出牌，前半生跟普通人也差不多，但他比一般人厉害的地方在于，**他一直感觉良好地活在自己的节奏里**。

不为时间所困。二十几岁的已婚男人做做艺术梦怎么了？五十几岁做北漂太不靠谱了吗？只要你真想，努力去做就行了。

不为身份所困。齐白石是一个特别没把自己当回事的人，觉得自己永远年轻，永远可以爱小姑娘，也永远会向年轻人学习。

始终在做自己。出名或者不出名，最重要的就是做自己，所以**勤奋努力是齐白石，小气抠门也是齐白石，永远不装才是齐白石**。

现在的人急，三十岁要有车有房、成家立业，是因为大家的标准是向外比。自媒体时代，永远有年轻一代厉害出挑，秒杀同龄人，甚至把上一代人拍死在沙滩上。

这些人的经验不能给普通老百姓带来正确的价值观，只会让人羡慕嫉妒恨之余更加浮躁。

真正的成功应该是像齐白石这样。当然，齐白石说“学我者生，似我者死”，不是让大家复制他这样的传奇经历，而是学习他**永远有自己的人生节奏，即使别人看起来慢，也不慌不乱地脚踏实地**。**你的黄金时代不是不到，只是时候未到**。

YONG GUDU HE
SHIJIE DUI TAN

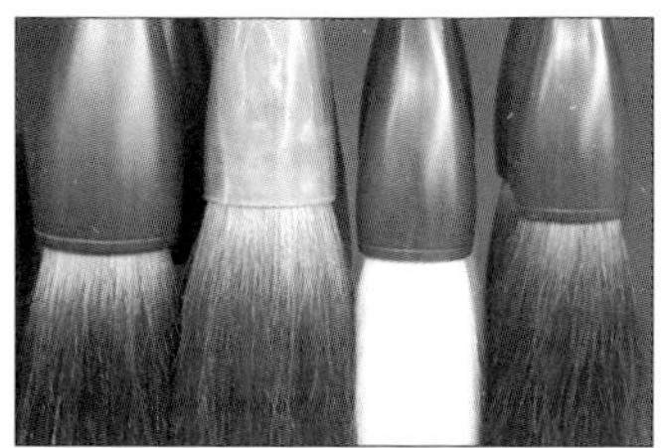

徐悲鸿

在 不该
有侠客 的时代
横空 出世

文 / 师岑

生　平：徐悲鸿生于1895年，长在晚清，历经民国，卒于新中国成立之初。可谓见证了近代中国最为黑暗的时代。作为一名伟大的艺术家，他的一生，无论是经历，还是性格，或者是感情，也都充满了艺术性和戏剧性。

代表作：《奔马图》《群马》《珍妮小姐画像》《九方皋》《愚公移山图》。

名　言：人不可有傲气，但不可无傲骨。

推荐语：出身贫寒，一身侠肝义胆。生而为艺术家，自己就活成了活生生的艺术。从来不曾追求功名利禄，功名利禄却天生属于他。

引子

中国人自古便有侠客梦。侠是什么？

侠，是司马迁的《游侠列传》——急公好义，能救人于危难之中，铁骨铮铮的一条好汉；侠，是李白诗中的“十步杀一人，千里不留行。事了拂衣去，深藏身与名”。侠，是梁山一百零八位好汉的义气淋漓、疾恶如仇，大碗喝酒、大块吃肉；侠，是金庸、古龙笔下人物的神功盖世、历尽艰难困苦终成一代大侠。

这位民国大师，亦是绝代无双的大侠。

（一）贫穷不灭侠客梦

“江南贫侠”，听起来颇奇怪，侠便侠，怎么还“贫”呢？此乃大侠徐悲鸿自立名号。他出生在江苏宜兴，自然是“江南”。“贫”字，是他的出身——他的父亲是一名乡村画师，靠走街串巷卖画为生。

徐悲鸿六岁就跟着父亲学画画，当他卖画的助手，日子过得很苦。但小孩子没有金钱概念，只知道，父亲笔下的、戏台上瞧见的，那些威风凛凛的侠客，惩奸锄恶、扶危济困，真是响当当的英雄！

小徐悲鸿也想当大侠，为此魂牵梦绕。他和小朋友们一起玩，一时兴起，拿着父亲画画用的颜料给自己涂抹了个大花脸，拿着根木棍，嘴里念念有词："嗒嗒嗒！江南大侠来也，恶贼快快住手！"其他小孩本来嬉笑着看他，突然一下子散了。徐悲鸿一回头，父亲就在背后，正怒目瞪着自己。父亲一脸怒气，拉着徐悲鸿的手臂，正抬手要打，突然一阵悲哀攫住了他的脸。他缓缓放下手，说道："以后别这么玩了，颜料贵，我们穷苦人家，还要凭这些吃饭。"心惊胆战的徐悲鸿似懂非懂地点点头。那是他第一次真切地知道"贫穷"的滋味。

但侠客梦并没有被贫穷压倒，当不了"江南大侠"，那就当"江南贫侠"！学会了篆刻的徐悲鸿，端端正正地在一方印石上刻上了这四个字，给自己的画作钤上。

（二）侠者，见不平则不忍

十三岁那年，徐悲鸿跟着父亲到处卖画，经过一家茶馆，茶馆门口围着一群人，中间坐着位哭泣的妇人。原来这妇人本在这茶馆门口摆摊为生，新近丧夫，茶馆老板欺负寡妇，要把她赶走。众人议论纷纷，有人面露怜悯，但无人管这"闲事"。

徐悲鸿问清楚了事情原委，义愤填膺，当即走进茶馆找老板论理。没想到这茶馆老板蛮不讲理还脾气暴躁，对着徐悲鸿破口大骂。对骂之际，茶馆老板抄起一个茶杯就朝徐悲鸿扔去，"哐"的一声，茶杯正中徐悲鸿的额头，掉到地上"啪"地摔碎，鲜血从徐悲鸿的额头渗了出来。从此，他的额头上留下了一道疤痕，成了伴随终生的"大侠标志"。侠者，路见不平不可忍，必拔刀相助。

少年徐悲鸿虽没有刀，也毅然相助，结果落了个头破血流，但一身的侠肝义胆、英雄底色，已经露出峥嵘。

（三）“贫”字逼死英雄汉

1915年，“江南贫侠”二十岁了，依然没当上大侠，“贫”字却依然形影不离。这一年，他过得太惨了——父亲去世，妻子去世，年幼的儿子也因天花夭折。他把自己的名字徐寿康改成了徐悲鸿——是啊，孤零零的他，岂不正似苏东坡笔下寂寞悲鸣的“缥缈孤鸿影”？他离开已成伤心之地的家乡，来到上海打拼。上海对这个乡巴佬并不友好——由于没钱送礼通关系，他连份像样的工作都找不到。

他到商务印书馆想找份画插画的工作，本来十拿九稳，后来还是被别人替了。徐悲鸿自觉实在走投无路，找到了他在上海唯一的朋友——商务印书馆发行所的黄警顽。“老黄啊，我在上海实在待不下去了！在这边我举目无亲，只有你一个朋友，永别了！”道完别，徐悲鸿转身离开。黄警顽越想越不对：看这小子的神情，不会想不开吧？想到这里，黄警顽打了个激灵，连假都没请，赶紧跑出去找徐悲鸿。沿四马路走向外滩，找了好久，才在新关码头边找到了徐悲鸿。

他正在码头边上来回踱步，焦躁不安。黄警顽过去拍拍徐悲鸿的肩膀，徐悲鸿回头，两人眼神一对上就心领神会，什么话也不用说了，抱头痛哭起来。原来，徐悲鸿已经四天没交房钱，被旅馆老板赶了出来，面对繁华却无容身之地的上海，他萌生死意。幸好黄警顽拉了一把，不然中国美术史可要有一场大损失！黄警顽把自己宿舍腾出一部分给徐悲鸿住，又借了他一笔钱，让他继续找工作。

贫侠贫侠，还没成侠，竟差点被“贫”字逼死。可如果没经历过这么艰苦的贫，又怎么造就后来震古烁今的侠？这一番“苦其心志、劳其筋骨、饿其体肤”，正是徐悲鸿“天将降大任”的必经之难。历经此难，他的决心和意志方能冲破一切阻碍，修得正果。

（四）闭关八年练就神功

武侠小说里，主人公成为大侠的方式总是很传奇，偶尔拾得的秘籍，无意撞见的前辈，都是促成武功大长的因素。但徐悲鸿成为大侠的道路充满了艰难与不易——从二十四岁开始，他耗去了八年人生最璀璨的青春年华，在欧洲习画。徐悲鸿出国拿的是北洋政府的官费，但是时势动荡，国库的钱都拿去打仗了，给留学生的官费不多，还不稳定。因此徐悲鸿在巴黎时，生活水平就很低，经常是面包就白开水解决一顿饭，长此以往，就把胃给搞坏了。

有一次他去参观一场难得的画展，一大早就去了，在里面逛了整整一天，粒米未进，等到展馆关门才出来。饥肠辘辘的徐悲鸿在寒风中走路回家，突然胃里一阵绞痛，疼得他一下子蹲在地上，半晌才能扶着墙站起来。异国他乡的冰冷气候和粗劣食物，使徐悲鸿患上了胃痉挛症，时不时就会病发，发作时，肠胃痉挛，疼痛难忍。但他仍然坚持作画，疼得受不了时，甚至在画上题辞：“人览吾画，焉知吾之为此，乃痛不可支也。”可就在这么艰苦的条件下，官费突然就中断了。徐悲鸿迫于无奈，从消费水平高的巴黎搬到了消费水平较低的柏林。在柏林，他迷上了荷兰画家伦勃朗的画，经常去美术馆里临摹，一待就是一整天，明知胃不好，依然废寝忘食。成为大侠需要闭关修炼，那么徐悲鸿就为此闭关长达八年。如果修炼神功需要付出代价，那么徐悲鸿无疑付出了很多——八年的困苦生活对他的身体造成了许多损害。

徐悲鸿改了自己的原名徐寿康，没承想一语成谶——最后自己不“寿”也不“康”，为了练就绘画神功落下一身的病。可这些对一名侠义之士算得了什么呢？如果寿而康却不能达成自己的心愿，那要寿康何用！

（五）侠之大者，为国为民！

《神雕侠侣》中，郭靖对杨过说了一句话，成为“侠者”的著名定义——“侠之大者，为国为民。”徐悲鸿生逢乱世，国难之际，自当拔剑而起，一展侠义风范。

抗日战争爆发时，徐悲鸿已经是世界著名的画家。从1939年到1942年，他不畏战火与颠沛流离之苦，远赴南洋，在新加坡、吉隆坡等地举办了多次画展。画展所得的收入，全部捐献给参加抗日战争的将士们。1940年，抗日战争进入了极为艰难的阶段，国内战场节节败退，许多人发出了悲观的论调，认为中国必败。徐悲鸿拍案而起，画出一幅震惊世界的《愚公移山》。画面上的男人们，赤裸着肌肉发达的身体，高举钉耙，奋力移山，像是在直斥“投降派”：“你们还是中国人吗！忘了你们的祖先，抛弃中国人世代相传的铁骨，真让我们蒙羞！”此画一出，各地舆论响应热烈，有人认为，徐悲鸿这一幅画对士气的鼓舞，堪称立下大功。

徐悲鸿的画作中，最为不朽的恰恰都是“为国为民”的画作。

1938年，南京沦陷，徐悲鸿随国民政府迁到重庆时，沿途目睹中国百姓苦难，不计其数。徐悲鸿眼中流泪、心中淌血——“我能为中国百姓画些什么？”于是，他看见一位贫寒女子在街头捡破烂，受触动而画出《巴之贫妇》；又亲见重庆人民在山间肩挑百斤水、上下千级台阶的艰苦生活，而画出《巴人汲水》。他的画作开始具有“史诗”色彩，巨幅大作，气壮山河，而且画的也是中华民族历史上令人心潮澎湃的悲壮故事。一幅《徯我后》，三米长两米宽的大型画作，画的是百姓遭受夏桀暴政虐待的场景。画中的男女老少肤色黝黑，沉重的苦难压在他们紧锁的眉头和僵硬的肩膀上。但他们同时望着一个地方——那是商汤的军队，来拯万民于水火之中。画作展出后，有阴险小人背后中伤，说徐悲鸿这幅画居心叵测，乃影射国民党是夏桀，是抹黑政府、蛊惑人心的罪证。徐悲鸿听闻此言，哈哈大笑："我就是这个意思！"他并不忌讳自己的批判，因为大侠行事，光明磊落，根本不必讨好谁、畏惧谁。

在他的画中，没有旧式文人孤芳自赏的春花秋月，只有民族史诗、百姓苦难。读懂徐悲鸿的画，就读懂了"兴，百姓苦；亡，百姓苦"，就读懂了延续千年的中国侠客最重要的仁义——"侠之大者，为国为民"。

（六）侠者，英雄惜英雄

徐悲鸿当年留学，深知经费不济的痛苦，因此成名后的他特别乐意帮助留学生。"五卅运动"之后，徐悲鸿受福建省政府之托，为烈士蔡公时画一幅油画肖像。画像完成后，他却没有收取酬金，而是向福建省教育厅讨要一个留学生名额，他想给自己的学生吕斯百。没想到吕斯百得知消息之后，却写信给徐悲鸿，说自己的同班同学王临乙水平高超，应该让贤于他。徐悲鸿接信大笑，把信给教育厅的负责人看，说："我这学生倒是颇有古代贤人'己欲达而达人'之风，如此人才不可埋没啊。"对方心领神会，给了徐悲鸿两个名额，把吕斯百和王临乙都送出去留学，后来两人都学成归国，成为中国美术栋梁。

著名画家傅抱石，年轻的时候家境贫寒，连颜料都买不起，却被徐悲鸿慧眼识珠选中。为了送傅抱石出国深造，徐悲鸿去找江西省政府主席熊式辉，说："贵省出了这么一位人才，是江西的骄傲，应该送他出去留学啊！"熊式辉当然不肯轻易答应，徐悲鸿也对这些政客的行事风格了然于胸，掏出自己的一幅画相赠。于是傅抱石才得以前往日本，终成一代大师。

1928年，徐悲鸿经蔡元培推荐，出任北平艺术学院院长。在给学院物色人才时，徐悲鸿想到了造诣高深的齐白石。当时白石老人已经六十七岁高龄，一辈子没上过大学，更别提去大学教书了。徐悲鸿亲自到齐白石的画室，两人畅谈艺术，年龄相差三十岁，却大有一见如故、相见恨晚之感。徐悲鸿邀请齐白石到北平担任教授，却被齐白石婉言谢绝。徐悲鸿也没多说，过了几天再次登门，交流完艺术之后，徐悲鸿再次提出邀请，却依然被婉拒。两次不行，那就再来一次。徐悲鸿第三次登门，齐白石终于向他说明了自己不肯任教的原因——担心自己一把年纪，管不住学生，怕坏了名声。徐悲鸿说："无妨，您不需要讲课，只需要作画示范即可。如果不放心，我可以陪您去上课。"齐白石这才终于答应。没想到去了之后，上课的反响非常好，齐白石也因此走上讲坛，桃李遍天下。后来白石老人还特意写诗纪念此事："草庐三顾不容辞，何况雕虫老画师。"

侠者英雄，真英雄惺惺相惜，假英雄咄咄相逼。徐悲鸿爱才如爱己，惜才如惜命，这才是侠者真本色——胸襟之广阔，能容普天之下所有英才。

（七）贫侠致名却不致富

武侠小说中的大侠似乎从来不需要担心经济来源，去哪儿都能出入酒馆、花天酒地，还能仗义散财，视金钱如粪土。徐悲鸿也视金钱如粪土——不过他并没有花不完的钱，他的钱都花在买画上了。

徐悲鸿买画疯狂到什么地步呢？经历过抗日战争的颠沛流离，许多藏品散失的情况下，徐悲鸿去世时仍然藏有古代、近代名家作品1200多幅，一座美术馆都不一定放得下！徐悲鸿的儿子徐庆平晚年曾说，他小时候在家里就没见过现钱——父亲工资一发，就全拿去买画了，连他上学的学费都要母亲变卖衣服来凑。每个星期都有字画商人拿着画上门推销，徐悲鸿也来者不拒，一幅一幅过眼，见到中意的字画就抑制不住满脸的兴奋之情。狡黠的商人一见徐悲鸿的脸色变化，就知道这幅画可以提价了——反正徐悲鸿大半都会买下，无论价格。次数多了，家人也埋怨徐悲鸿：你就不能收敛一下表情吗，镇定一点才能压价。徐悲鸿说："那可不行，我看见好画就忍不住要失控。"

1937年，徐悲鸿偶然买到了一幅国宝级宝贝——唐代画作《八十七神仙卷》。徐悲鸿将其奉为至宝，抗日战争逃难时，其他画作都可以打包装箱，唯独《八十七神仙卷》一定要随身携带。即使如此谨慎，这幅宝贝仍然在战时一次紧急躲避空袭之后被偷走。徐悲鸿心急如焚、寝食难安，多方寻找仍然不得。他痛悔自己丧失国宝，把自己称为历史罪人。没想到两年后，这幅画作又在成都神秘现身。徐悲鸿了解此事后，立刻着手买回。被盗容易赎回难，对方开价高得离谱，但徐悲鸿二话不说，先是汇去了二十万元现款，又寄了一堆自己的画作过去，才终于得以完璧归赵。

许多经历过贫穷的人，在成名之后都会害怕贫穷，徐悲鸿却一辈子不愿致富——即使他的画已经价值连城，他却仍然用这些钱去换别人的画。似乎在他眼里，缺钱不算贫，缺画才是大困窘。他并不算“视金钱如粪土”——毕竟钱还能买到画呢！

（八）侠者，不惧犯禁，无畏强权

韩非子说，侠客精神是“以武犯禁”，敢于用武力触犯常规、挑战权威。对于徐悲鸿来说，虽无武力，但“犯禁”是常有的事。

抗日战争爆发前，徐悲鸿住在民国首都南京。那时候国民党对全国言论的控制十分严厉，因言获罪的人屡见不鲜。徐悲鸿却在自己家中画室门上贴这么一副对联：上联是“独持偏见”，下联是“一意孤行”。每个字都有半米见方，比人头还大，显得气势磅礴。徐悲鸿家中来往的常有政府要人，甚至国民党的宣传委员会主席叶楚伧就住他家对面，但徐悲鸿就这么大大方方地让所有人看他的“独持偏见”和“一意孤行”。这股子不合时宜的霸气，正是徐悲鸿胆敢“犯禁”的侠气。

国共内战正激烈的时候，徐悲鸿参观了一个“全国木刻展”，发掘到了一位天才版画家古元。以徐悲鸿爱才惜才的风格，自然是要向画坛推介一番，可问题是——这位古元是共产党员。在国民党治下褒扬一位共产党员，这不是找死吗？徐悲鸿就敢。他发表了一篇评论，称：“我在中华民国三十一年十月十五日下午三时，发现中国艺术界中一卓绝之天才，乃中国共产党中之大艺术家古元……他必将为中国取得光荣。”他毫不遮掩古元的身份，也毫不掩饰自己的赞美之情，如此郑重其事又坦坦荡荡地介绍，确实是大侠风范！

1948年，内战正酣，国民政府拨给北平艺术专科学校一笔钱，命令其南迁。此时正是徐悲鸿担任校长，他认为，学校正缺经费，这笔钱不应该用来迁移学校。他自作主张，大笔一挥，把这笔钱挪来改善学生伙食，拒绝南迁。国民政府对此恼火不已，但很快兵败如山倒，也拿徐悲鸿没办法了。

侠者之所以以武犯禁，是因为正义高于强权。侠义精神自有一种超然于世俗利益的卓绝范儿，正如徐悲鸿喜欢画的奔马，一骑绝尘，将张牙舞爪的强权甩在身后。

（九）侠者至情，却被命运捉弄

侠客中颇有多情浪子，徐悲鸿一生有数段感情经历，却不意味着他就是浪子。与其说徐悲鸿是多情浪子，不如说他是在不断寻求自己的真爱——然而，正应了他为自己起的名字“悲鸿”，鸿自然应该是孤独的，他的情感经历始终不圆满。

第一段婚姻以妻子去世、幼儿夭折告终，第二段婚姻以离婚告终，第三段婚姻虽和美，徐悲鸿却无福消受，结婚八年便撒手人寰，留下年轻的妻子守寡。而这中间，还有一段有缘无分的师生恋。1919年，二十出头的徐悲鸿和蒋家小姐蒋棠珍相恋了。但此时蒋棠珍已经有婚约在身，两位年轻人意乱情迷，冲动之下竟私奔出国。徐悲鸿给伴侣起名蒋碧微，后来她也用这名字用了一辈子。然而激情过后，两人在三观上的不合渐渐显现——徐悲鸿对艺术狂热的爱，决定了他对身边伴侣无法照顾周到。蒋碧微却是大小姐出身，摆脱不掉喜欢享乐的习气。如此相处日久，感情也开始淡漠起来。

徐悲鸿已经是功成名就的美术家了，婚姻生活也进入了平淡乏味的时候，就在此时，一名美丽而聪颖的少女闯入了他的生活。这是他的学生孙多慈。徐悲鸿对她的情愫从对学生的欣赏怜爱开始，势不可当地滑向异性之爱。而正值芳华的孙多慈，怎么抵挡得住一位赫赫有名的老师的热烈怜爱呢？于是少女也芳心暗许。徐悲鸿开始在她身上投入比其他学生多得多的精力，乃至整个班都感觉到了孙多慈的特别；徐悲鸿为她出版了一本个人画集，原本想亲自给她写序，却畏惧流言，请了自己的好友、著名美学家宗白华来作序；徐悲鸿为她画了许许多多的像，甚至有一幅《台城夜月》，画着自己和孙多慈共赏明月。两人不在一起时，孙多慈给徐悲鸿寄去红豆一枚，和一条手帕，手帕上绣着“慈悲”二字。爱情故事总是甜蜜的，可徐悲鸿清楚自己是有妇之夫，再也不能像当年一样闹一出“私奔”，他需要尽力克制自己。他向蒋碧微坦白此事，并且说自己只是爱慕学生的才华，绝对不会出现什么问题。没想到，徐悲鸿没出问题，蒋碧微却出轨了——和追求她已经很久的民国政要张道藩。

婚姻至此，已经没有再维持下去的必要了。离婚之后，徐悲鸿本以为能和孙多慈结合，却没料到，孙家父母极力反对此事，甚至为此搬家，将孙多慈带走。一段美好恋情，竟然就此无疾而终。几年以后，孙多慈还写信给徐悲鸿：“我后悔当年因为我父母的反对，没有勇气和你结婚，但我相信今生今世会再见到我的悲鸿。”可他们始终没有再见。后来，徐悲鸿又找到了值得托付终身的贤妻廖静文，孙多慈也嫁给他人，两人联系越来越少。1953年徐悲鸿去世，孙多慈还是通过蒋碧微之口才得知。他们的恋爱，充满了柏拉图式爱情的纯真和美好，他们互相仰慕才华，在令人绝望的现实生活中彼此依靠，以对方为自己生命中的一缕光。无奈造化弄人，一别竟终身不得再见。侠者至情至信，却终究拗不过宿命。

“江南贫侠”徐悲鸿一生实践侠义精神——他既能安贫乐道又能富而助人；既能练就神功又能济世安民。他的故事比武侠小说更为传奇，因为他所面临的不是快意恩仇的江湖，而是充满艰难险阻、血雨腥风的现实世界。在武力至上、权谋得逞的时代，在风雨飘摇、大厦将倾的国势中，明知不可为而为之；在本不应该有侠客的时代，他横空出世。

这才是最可贵的侠！江南贫侠，以画笔、义胆、仁心，铸就超越所有小说的真正传奇。

YONG GUDU HE
SHIJIE DUI TAN

陈寅恪

既是贤者，也是拙者

文 / 刀子

生　平： 陈寅恪（1890—1969），中国现代最负盛名的历史学家、语言学家、诗人，与王国维、梁启超、赵元任并称清华园四大导师，被称为“三百年一遇的人物”“公子的公子，教授的教授”。

代表作：《隋唐制度渊源略论稿》《元白诗笺证稿》《柳如是别传》。

名　言： 独立之精神，自由之思想。

推荐语： 先生之精神，历千万祀，与天壤而同久，共三光而永光。

引子

1927年6月2日晚，清华大学南城府街的刚秉庙，夜色凝重，一代大儒王国维的灵柩停放于此，一群年轻的学生站在灵前，含泪行三鞠躬礼。

一位四十岁左右的中年教师来到门口，眉头紧蹙，一言不发，对围拢过来的学生点头致意后，便拨开人群，缓缓走到灵前，“咚”的一声跪下，手心向上，额头触地，行起了三跪九叩大礼。

整个灵堂的人瞬间震惊，当时在场的姜亮夫回忆说，那样一幕让他和他的同学永生难忘。

这位中年教授叫陈寅恪，和王国维一样，也是清华大学国学院四大导师之一，被傅斯年称之为“三百年来唯一人”。这也是陈寅恪一生之中第一次当众下跪。两年之后的夏天，清华国学院停办，为了纪念王国维，该院募款为其修建了一座纪念碑，碑面由梁思成设计，碑文则由陈寅恪撰写，文中写道：

先生之著述，或有时而不章；先生之学说，或有时而可商；惟此独立之精神，自由之思想，历千万祀，与天壤而同久，共三光而永光。

“独立之精神，自由之思想”，这既是对一位已逝大儒最好的盖棺论定，也是对陈寅恪自身治学旨趣的坚守与独白，而陈寅恪一生的风骨与悲怆也将与这句话紧密相连。

（一）三代英才，洵不多见

1890年7月3日，陈寅恪出生于湖南长沙。他的祖父陈宝箴，是少见的实干型政治家，眼界开阔，敢于变革，未出道时就被曾国藩称之为“海内奇士”，官拜湖南巡抚，是维新变法时，唯一响应中央的地方巡抚。他的父亲陈三立，则是晚清著名诗人，与谭嗣同、徐仁铸、陶菊存一起，号称晚清“维新四公子”，日本汉学家吉川幸次郎称之为“鲁迅之前中国近代文学成就最高者”。

“卢沟桥事变”爆发时，陈三立已八十五岁，却仍在梦中狂呼“杀日本人”，最后忧愤绝食断药而死。在一个重血缘、重门第、重传承、重渊源的国度里，这样的出身足以让人肃然起敬了。

作为“官三代”的陈寅恪来说，依旧光彩照人、风流丝毫不输先人。

由于家学渊源藏书丰富，陈寅恪自小就得到了良好的古典训练，旧学根基很早就已确立。虽然出生于官宦家庭，陈寅恪的父亲却不主张儿子科举应试，求取功名，而要他们接受西式教育，接受西洋知识。

从1910年，陈寅恪开始了断断续续的留学生涯，先后求学于德国柏林大学、瑞士苏黎世大学、法国巴黎大学、美国哈佛大学等，前后十六载，仅语言就掌握近二十种。

曾有学生问唐筼（陈寅恪的妻子）：外传陈老师懂三十多种文字，是不是真的？唐筼说：其实没有这么多，也就十七种而已。

是啊，也就十七种而已。

最令人惊叹的是，陈寅恪留学十六年，却没有考取一个学位。陈寅恪不以为然：“考博士并不难，但两三年内被一个专题束缚住，就没有时间学其他知识了。只要能学到知识，有无学位并不重要。”

他是为学问而来，不是为学位而来。

每天一早，陈寅恪买少量最便宜的面包，即去图书馆度过一整天，常常整日都不正式进餐。在饭店吃饭时，他每次都叫最便宜的炒腰花，别人以为他爱吃腰花，后来才知道，不过是为了省钱。

以陈寅恪的家境而言，是不用愁吃喝的，他却将省下来的钱都拿去买书了。常常是“不及半载，而新购之书，已充橱盈笥”，不但自个儿买，还劝别人买，结果身边的同学也按捺不住，跟着出大血本从书店搬了几橱回来。其用功可想而知。

难怪杨步伟说：“那时在德国的学生们大多数玩得乱得不得了，**只有孟真和寅恪两个人是宁国府门前的一对石狮子。**”

（二）清华学苑多英才

1925年秋，清华由留美预备学校进行大学改制，决定设立国学研究院，并听取胡适建议，采用宋、元书院时期的导师制度，由吴宓担任研究院主任，聘请大师，主持筹备事宜。

第一位延聘的导师是王国维，清帝国最后一位帝师，具有国际影响力的世界级学者，这第一把交椅，王国维当之无愧。第二位导师是梁启超，掀起滔天巨浪的时代风云人物，学界有言：“太炎为南方学术泰斗，任公（梁启超）为北方学术界的泰斗。”其影响自不用说了。第三位到校的是赵元任，哈佛大学的博士生，号称“汉语言文学之父”，也是不错。

还差一位，梁启超推荐陈寅恪。校长曹云祥不知陈寅恪，问梁启超：“他是哪一国博士？”

梁启超答："他不是学士，也不是博士。"

曹云祥又问："他有没有著作？"

梁启超答："也没有著作。"

曹云祥说："既不是博士，又没有著作，这就难了！"

梁启超火了："我梁某也没有博士学位，著作算是等身了，但总共还不如陈先生寥寥数百字价值。"

曹云祥一听，不再犹豫，请。于是就有了后来清华园"四大导师"的传奇。

是年隆冬，陈寅恪冒着凛冽的寒风踏上了驶往东方故国的邮轮，来到了这所浸润着欧风美雨的大师之园，开始了他传道、授业、解惑的传奇人生。这一年，陈寅恪三十七岁。

（三）"三不讲"教授

陈寅恪上课非常有特色，有个不成文的规矩："书上有的我不讲，别人讲过的我不讲，自己讲过的我不讲。"人们称之为"三不讲"教授。有人不信，后来发现陈寅恪确实是纵横古今、贯通中西，在课余分析各国文字的演变时，竟把葡萄酒原产何地、流传何处的脉络，都讲得一清二楚。

于是，就有不少教授慕名前来听课，包括朱自清、冯友兰、吴宓等。吴宓更是陈寅恪的忠实粉丝，几乎是风雨无阻，每当陈寅恪上课的时候，他就拿个小本子，坐到教室的最后排，像个小学生，抬头看老师，低头做笔记。上完课后，陈寅恪问吴宓，我讲得对不对？吴宓连忙点头应答，对的对的。

连远在城内沙滩的北大学生也成群结队，穿过西直门，慕名跑去偷听。那时沿途几十里全是农田，秋天青纱帐起，还常有土匪出没打劫，甚至杀人越货。

即便如此，北大师生也愿意冒险出城，常常是人手操着木棍铁器成群结队而行。于是，就有了这样奇特的一幕：在陈寅恪上课的教室里摆满了各式各样的“兵器”。

这才是真正的求知年代。

听过陈先生讲课的季羡林回忆说：“他仿佛引导我们走在山阴道上，盘旋曲折，山重水复，柳暗花明，最终豁然开朗，把我们引上阳光大道。读他的文章，听他的课，简直是一种享受，无法比拟的享受。”

所以郑天挺称陈寅恪为“教授中的教授”，姚从吾说：“陈寅恪先生为教授，则我们只能当一名小助教而已。”

（四）拿四百块的工资

就连民国狂人刘文典也对陈寅恪佩服得五体投地，他曾说过这样一句话：在清华大学里，沈从文只配拿四毛钱的工资，朱自清可以拿四块，他刘文典可以拿四十块，而陈寅恪可以拿四百块。

1932年夏，清华大学国文系招收新生。陈寅恪应系主任刘文典之邀出考题。陈寅恪的题目却非常简单：除了一篇命题作文之外，只要求考生对一个对子，对子的上联只有三个字：“孙行者。”

陈寅恪的试题引起了社会的广泛争论，绝大多数报刊认为，时代如此进步却还用这种传统古老的方式，简直就是食古不化，开历史的倒车。

陈寅恪不以为然，对对子才是中国传统语言特色的精髓，是中文区别于其他语言的独特之处，哪怕学问再高，不懂本国语言的精髓，也不过是隔靴搔痒罢了。**而陈寅恪游学国外十多载，精通外语**

十多种，可终其一生，都坚持用文言写作。事实似乎也印证了陈寅恪的先见。

看似简单的问题，绝大部分考生却交了白卷，只有一个考生的“祖冲之”得了满分，他叫周祖谟，后来成了著名的语言学家。而陈寅恪心目中的最佳答案是：“胡适之。”

（五）近死肝肠犹沸腾

只是，命运之神并不喜欢眷顾这样的英才。1937年7月7日，抗日战争全面爆发，北平沦陷。中国的知识分子进入了另一个时代，再没有几净窗明的书斋，也容不下从容缜密的研究。

此时，陈寅恪正奔波于父亲的丧事之中，国恨、家愁交叠而来。他的右眼也因急火攻心而导致视网膜剥离，必须及时手术，不可延误。但做了手术，就必须休养一段时间，一休养就恐难逃出日本人之手。

几经思虑，陈寅恪放弃手术，决心用唯一的左眼继续工作，待“七七”守孝期满，便拖家带口，离开北平。最后还是友人帮忙，将陈氏一家从火车的窗户口拖将上去，才有幸赶上南下的火车。

到达西南联大后，陈寅恪右眼已失明，左眼也患上眼疾，只能微弱视物，而托运的书籍也在长沙悉数毁于战火。即便如此，陈寅恪依旧通宵达旦、备课写作。在没有任何参考书的情况下，陈寅恪在一间透风的茅草屋里，就着小板凳，对着一口大箱子，写下了著名的《隋唐制度渊源略论稿》和《唐代政治史述论稿》，字字珠玑，足以藏之于深山。

（六）行止两难，进退维谷

1939年春，英国皇家学会授予陈寅恪研究员的职称，牛津大学亦聘请其为该校历史上第一位中国籍专职教授，并为其配好副手，虚席以待。陈寅恪两度辞谢，但考虑到英国先进的医疗技术或许能为其眼睛提供一丝希望，陈寅恪才答应就聘。

这年暑假，陈寅恪携家人前往香港，准备渡海赶赴伦敦，却不料欧洲战火突起，航海中断，英国之行遂为泡影。在给傅斯年的信中，陈寅恪这样写道："天意、人事、家愁、国难俱如此，真令人忧闷不住，不知兄何以教我？"

1940年暑假，陈寅恪再次赴香港等待机会，刚到香港，中国驻英大使却发来电报，因时局关系，赴英之事需延期一年。恰在此时，日军切断了广西与越南的国际交通线，昆仑关失守，回去的希望也被打破，陈寅恪被阻香港，进退维谷。

第二年12月7日，珍珠港事件爆发，同日，日军进攻香港，香港失守。为营救困于香港的政府要员和学界名流，国民政府派飞机抵达香港。按照国民政府教育部和中央研究院的提议，国学大师陈寅恪当之无愧地排在了"抢运之列"。

当陈氏一家于兵荒马乱中赶赴机场时，却被一大批保镖无情地挡在了圈外。

阻挡者乃财政部长孔祥熙的夫人宋霭龄和二小姐孔令俊，仗着权势熏天、人多势众，两人正从容地指挥随从将自家的洋狗、家私，甚至私人用过的马桶全部装入机舱，然后强行起飞，消失于烟雾弥漫的天空中，甩下一群学术名流于凄风寒雨中悲愤交加、捶胸顿足。

两小时后，日军进驻机场。

被困香港的陈氏一家，生活状况堪忧，“食粥不饱，卧床难起”，而香港与内地之间的交通、书信、电传、票汇等全部断绝。

比这更可怕的是，还有陈璧君之流派人前往陈家威逼利诱，企图说服陈寅恪到日伪区任大学教授，被陈寅恪冷冷拒绝。伪港督还拿出20万的军票让陈寅恪在香港筹办东亚文化刊物，陈寅恪再次拒绝。

威逼利诱不行，就大献殷勤。日军知道陈家生活艰苦，便立马派宪兵队给陈家送去多袋面粉。宪兵往里搬，陈寅恪就往外拖，宁可饿死，也绝不摧眉折腰。

最后多亏了刘文典、傅斯年等一批人疾呼奔走，为陈寅恪筹集经费，又经中研院院长朱家骅打通各环节，才让陈寅恪一家逃出香港，九死一生，终于返回内地。

1944年12月12日的清晨，陈寅恪睁开双眼，却发现什么也看不见了。

（七）日暮苍山远

1948年，北平的冬天，阴云密布，寒风萧瑟，一场改朝换代的世局嬗变正在进行。12月15日，一架直升机冒险在北平南苑机场降落，游走于政学两界的北大校长胡适匆忙登机，从而拉开了国民党“抢救学人”运动的序幕。

和胡适一同登机抵达南京的，还有陈寅恪以及他的一家，以陈寅恪的学术造诣和地位，足有资望成为第一批离开北平的学人，这一年他五十八岁。飞机在南京降落时，蒋介石亲自接机慰问，并劝说陈寅恪去台湾。

陈寅恪婉言拒绝，对于国民党抗日战争时期意欲控制学界的做法，他深恶痛绝。1949年1月20日，陈寅恪接受了岭南大学校长陈序经的盛情邀请，来到了潮湿热情的南国校园。

第二天，岭大学报刊出重要消息：“本校聘请到名教授陈寅恪”“精通十余国文字”“牛津大学聘为正教授”“驰名海内外……”评价之高，甚为少见。

国民党一直没有放弃劝说陈寅恪离开大陆的想法，9月份，时任国民党教育部部长的杭立武甚至拉着财政部长徐堪，亲自向陈序经摊牌，要陈序经劝说陈寅恪去香港，并许诺：如果陈寅恪答应去香港，他马上给陈寅恪十万港元及新洋房。

陈序经当即回答：**“你给十万我给十五万，我盖房子给他住。”**陈序经的话并非一时冲动，对于“三百年一出的人才”，陈序经看得比什么都重，陈寅恪在岭大的薪水无疑是最高的，甚至比很多教授高出两三倍。

在后来的中山大学，还流传着这样一个轶闻：

某次陈序经与陈寅恪同乘一辆小车进城，恰逢走到某处司机要倒车才能绕行，陈寅恪忽与陈序经打趣：“陈校长，快捷如小车有时要倒倒车才能跑得快，你的全盘西化怕也要倒倒车喽。”陈序经闻言只是笑笑。只是，这样的好日子却并不长久。

（八）遗憾塞乾坤

陈寅恪以为：“每当社会风气递嬗变革之际，士之沉浮即大受影响。其巧者奸者诈者，往往能投机取巧，致身通显。其拙者贤者，则往往固守气节，沉沦不遇。”陈寅恪属于后一类，既是贤者，也是拙者，这样的人，注定沉沦不遇，难为时代所容。

从1966年冬开始，陈寅恪便多次被迫作书面检查交代，因其对“反对人民、反对马列主义的罪行交代不彻底”，被校方屡屡勒令重新补充交代。

1967年4月2日，陈寅恪递交了一份声明，声明中写道：

“一，我生平没有办过不利于人民的事情。我教书四十年，只是专心教书和著作，从未实际办过事；二，陈序经和我的关系，只是一个校长对一个老病教授的关系，并无密切往来。我双目失明已二十余年，断腿已六年，我从不去探望人。三，我自己的一切社会关系早已向中大的组织交代。”

从始至终，陈寅恪都没有出卖诋毁过任何一个人。

然而，如此顽固恶劣的态度，显然是要引起“公愤”的。门、床、墙、衣柜，甚至陈寅恪的衣服和头上都被白纸黑墨所包裹，难辨人形，并将屋内可拿之物全部拿走，拿不走的通通捣碎。

那段苦难的经历，不仅让陈寅恪的身体每况愈下，更让他的精神濒临崩溃。

二十年后，梁宗岱的夫人在书中回忆道：历史系一级教授陈寅恪双目失明，他胆子小，一听见喇叭里喊他的名字，就浑身发抖，尿湿裤子。

一个连牛津大学都愿意虚位以待的大学者，在最后的日子里，却连作为一个普通人的尊严都没有，只得苟延残喘，屈辱地等待着死亡之神的降临。陈寅恪的妻子唐筼也在这年夏天因为过度折磨而心脏病发作，濒临死亡，两人陷入“生不如死”的境地。

1969年，春节刚过，陈寅恪被勒令搬出住了十六年的家。陈氏夫妇被迫搬到了一所四面透风的平房，此时陈寅恪病得连吃一点儿汤水类的“流食”都已困难，瘦得不成人形。有少数亲友偷偷登门看望，见他躺在病榻上说不出话，也哭不出声，只是眼角不断流泪。

1969年10月7日晨5时30分，心力衰竭的陈寅恪于凄风苦雨中溘然长逝。11月21日晚，陈寅恪的妻子唐筼也追随九泉之下的丈夫而去。

当陈寅恪写下“此独立之精神，自由之思想”时，或许已想到，他也将同王国维一样，为守护这一永恒的信念付出一生的代价。

泰山其颓，梁木其坏，哲人其萎，三百年乃得一见的史学大师就此远去。而先生之精神，历千万祀，与天壤而同久，共三光而永光。

YONG GUDU HE
SHIJIE DUI TAN

王国维

让 世界震撼于

中国文化

有多美

文/师岑

生　平：王国维（1877-1927），字静安，号观堂，是中国近代享有国际声誉的著名学者。左手甲骨文，右手叔本华，横贯古今中西，无人能及，连“毒舌”鲁迅都说，王国维才是真正研究国学的人。

代表作：《人间词话》《观堂集林》。

名　言：古今之成大事业、大学问者，必经过三种之境界。“昨夜西风凋碧树，独上高楼，望尽天涯路”，此第一境也；“衣带渐宽终不悔，为伊消得人憔悴”，此第二境也；“众里寻他千百度，蓦然回首，那人却在，灯火阑珊处”，此第三境也。

推荐语：“先生之著述，或有时间不章；先生之学说，或有时间可商。惟此独立之精神，自由之思想，历千万祀，与天壤而同久，共三光而永光。”

（一）“五十之年，只欠一死”

1927年6月2日，农历五月初三，离端午节还有两天，北京已是酷暑难耐。颐和园人不多，三三两两散着步，没有人注意到，一位身穿长衫的中年人，在昆明湖旁鱼藻轩的台阶上，已经坐了很久。

10点30分，这名中年人站了起来。他抚平了长衫久坐的褶皱，朝着湖面，纵身一跃。他跳得很用力，非常非常用力，以至于头直接埋进了湖底的淤泥之中，

淤泥充满了他的鼻腔，使他窒息而死。

闻讯赶来的警察在他的内衣口袋中发现一封遗书，虽已湿透，字迹还清晰可辨：“五十之年，只欠一死，经此世变，义无再辱。”

这个人，叫王国维。他的死，标志着一个时代、一种人的完结。

陈寅恪在哀悼王国维的挽词中写道：“盖今日之赤县神州值数千年未有之巨劫奇变，劫尽变穷，则此文化精神所凝聚之人，安得不与之共命而同尽，此观堂先生所以不得不死！”

九十一年前，王国维自沉于昆明湖，乃为中华民族的传统文化和礼教道德而殉身。也正因此，他成了近代中国几乎最为矛盾也最为神秘难解的人物。

说起王国维，也许你知道他的《人间词话》，知道他说过“人生三境界”，却不知道这位大师人生故事的曲折离奇，正是经历过

“为伊消得人憔悴”的苦苦寻求，最终才到达“蓦然回首”的大彻大悟。

他的故事，对于我们这个缺乏“大师”的时代，是振聋发聩的伟大。

（二）“这才是真报国！”

因为王国维至死都留着辫子，还因为他担任过溥仪小朝廷的“南书房行走”，有人说他自杀是为了“殉清”。这种说法是对是错，从王国维少年时的经历就可以知道。虽然日后王国维以极为深厚的经学功底闻名，他小时候却不喜欢读经书，每天从私塾放学回家，他就躲到父亲的书房里肆意读书。

小王国维就和我们小时候一样，喜欢幻想自己是个大英雄。每个小男生的童年，都有过梦想自己是孙悟空、超人、赵云等的“糗”经历，小王国维也不例外。

他最喜欢读史书，尤其是《汉书》，憧憬着书里那些令匈奴闻风丧胆的大将军，把李广、卫青、霍光的传记读得滚瓜烂熟，还经常偷偷拿根竹竿，想象自己横刀立马。那时正是清朝风雨飘摇、中国内忧外患的时候。

王国维讨厌八股文的虚浮无用，渴望像汉朝将军一样杀敌报国，成就一番大事业。但读这些书对考科举没啥帮助——读书人的目标是考取功名、当上大官，应该熟读的是四书五经。

有趣的是，王国维的父亲王乃誉，是位爱国而且开明的读书人，对儿子不喜科举并不生气，反而因为他的有志报国而高兴。于是，父子俩经常一起喝酒，指点江山，纵谈国事，谈到心痛处就抱头痛哭。

王国维十七岁那年，考乡试不中，那年正是康有为、梁启超谋求变法的时候，王乃誉拿着康、梁的文章给王国维看，告诉他：**“这才是真报国！”**王国维大悟：时势已经变化，就算是《汉书》里的李广、卫青再世也救不了中国，**救国要靠学问，靠对世界文化尤其是西方文明的学习。**

于是，王国维开始买梁启超担任主笔的《时务报》，买不到就找人借，父子二人“烧烛观之”，学习报纸上介绍的西方政治学说，为梁启超疾呼变法而激动，又因变法失败而大呼：“奈何！奈何！”

正如顾炎武所说：“保国者，其君其臣肉食者谋之；保天下者，匹夫之贱与有责焉耳矣。”

这样一个人，会因为一朝兴亡而死吗？不会的，他心中装着的不是“清朝”，而是“中国”。

（三）左手甲骨文，右手叔本华

二十一岁那年，王国维离开家乡海宁，来到大都会上海。王国维想，既然要学习西方，那就要先学会西方的语言。于是，他利用业余时间学习英文、日文。1900年，王国维去往日本留学，学习物理学。可几个月后，他得了一场病，留学生涯也就中断了。

从日本回国后，王国维开始了他自称的“独学的时代”。在几年之内，他以惊人的速度学习外语，并且通读了康德、叔本华、尼采等西方哲学家著作的英译本和日译本，成为当时中国最精通西方哲学的人之一。

青年王国维不喜欢社交，在风花雪月、纸醉金迷的上海，到处都是纵欲的诱惑，他却足不出户。除了和少数师友通信，王国维整日在自己的书房中，戴着圆眼镜，拧着眉头读书，一页接一页，一本接一本。线装的古籍、硬壳精装的英文书他都读，在他眼里，学术不存在中西新旧之分，只要是知识，王国维都要吸收、贯通。

1911年之前，他的治学范围主要在西方哲学和中国古典文学上，1911年后，他开始接触当时新出的史料，包括甲骨文、流沙坠简、敦煌文书等。

王国维已经清楚了自己将如何报国，他将融会贯通中西古今的学问，在自己的领域内，**让中国学术站上令西方难以企及的高峰，捍卫中华文化和中国士人的尊严**。

（四）“世界级别的学者”

1933年，西方汉学家伯希和到中国访学，离开之时，胡适、陈垣等人送他到车站。话别之际，有人问伯希和对中国学者有何评价。

伯希和说：“中国只有两位世界级别的学者，一位是陈垣，一位是王国维。”

在场的胡适一听，脸色立马沉了下来。当时王国维已去世，还能得到如此称许，自诩为“国人之导师”的胡适心中很不高兴。于是他化不满为力量，努力研究《水经注》，想要推翻王国维《水经注校》的成果，以证明自己才是真正的顶级学者。

可是搞了几十年，晚年的胡适还是承认搞不过王国维。

当时嫉妒王国维的学者可不只胡适，因为王国维的学术造诣太高了，为人却很低调，所以能够评价王国维学术的往往是真内行，恰恰又是那些名声在外的学者最在乎的评价。比如日本汉学家内藤虎次郎，是陈寅恪、陈垣都很钦佩的专家。他写诗赞颂王国维是

“神仙卧白云”，还一直想挖他到京都大学。陈寅恪曾经写过一首诗，内有两句：“群趋东邻受国史，神州士夫羞欲死。”日本的中国史研究比中国还好，真是要让中国读书人羞愧至死。

但王国维的学术造诣之高，让那些原本超过中国人的外国人都深深折服，真正为中国学术挣回了面子。说起研究国学的，鲁迅总是一脸嘲讽地摇摇头，在他笔下就没有几个国学家是正面形象。尤其是那些打着“国学”招牌的空壳子大师，鲁迅说他们“昏愚”且“悲惨”，说真的国学家在书斋中读古书的时候，假的国学家却在打牌喝酒。

但他少有地佩服王国维，说他算得上“真正研究国学的人”。这在“毒舌”鲁迅的文章中，是很高的评价了。

王国维牛，就牛在一点上：**他研究什么领域，就成为那个领域的开山奠基人**。研究古典诗词、古代戏曲和《红楼梦》，都是运用西方哲学、美学观点来讲中国，颠覆了传统，但又非常扎实可靠，是新学术范式的创立者。最牛的，还是历史学、考古学研究，运用新史料，他彻彻底底地改变了古史研究的面貌，使得后世每一个学习中国史的人，都必须读他的著作。

在文化不彰、学术衰颓的乱世，在中国人在西方的中国学面前甘拜下风的时候，王国维以一己之力力挽狂澜，证明了中国学的正统，还得在中国。中国贫弱时，学人尚且为中华学术而奋斗，而生活在中国崛起的现在，我们还有什么理由鄙薄我们的传统文化呢？

（五）北大清华争相招揽，他却不要薪水

1922年，北京大学正准备创办《国学季刊》，当时的编辑团队之强大，国内难寻其匹，有胡适、沈兼士、马衡、顾颉刚等人，简

直是学术界的“全明星”队伍。但他们觉得还不够，还差一员真正压得住阵脚的大将。

胡适等人和北大校长蔡元培商量，想请一位顾问，**这人一定要是毫无争议的国学大师。他们想请的，正是王国维。**没想到蔡元培说：早在四年以前，我就请过王国维了！可他住在上海，又不愿意搬到北京，所以一直拒绝。

有人提建议，可以邀请他担任北大的名誉通讯导师，换作我们现在的话来说，就是不用坐班，远程办公，只需要和北大的师生以信件沟通。

王国维这才答应了，但提出两个条件：**“一不要职位，二不要薪水。”这算哪门子条件呀，竟然还有人提不要钱的条件！**

原来因为是“名誉”通讯导师，所以王国维觉得，既然是名誉，那就不能收钱了。

蔡元培派人送去的薪金，也被王国维退回。没办法，蔡元培只好写信给他，解释道：这笔钱是您寄信到北京的邮费，不是薪水，您就放心收了吧。王国维这才愿意收下。

在北大显赫的时候，清华还只是一所“留美预备学校”，也就是专门培养学生去美国留学的。1925年，清华改组，成立大学部，成立国学研究院，才开始成为一所真正的大学。

清华校长曹云祥原本想从北大挖胡适过来，但胡适说：“您的国学研究院邀请的人，必须是真正的国学大师，我还不算，在我看来，中国现在只有三位国学大师，分别是章太炎、梁启超和王国维。”

这时候，王国维已经不在北大担任导师了。于是，曹云祥让吴宓去请王国维。

王国维听说过吴宓，知道他是鼎鼎大名的“哈佛三杰”之一，以为来者必定是“西装革履、握手对坐之少年”，以为作为新式学者，吴宓和自己不是一路人，而作为新学校，清华也不会真的想弘扬国学。

没想到，吴宓身穿长衫，来到王国维的客厅，见到王国维，第一件事便是行三鞠躬之大礼。

王国维大吃一惊。这种仪式让他感受到清华的诚意，本不愿任教的主意也改变了。因为学术昌明的前提，就是尊师重道。

于是，王国维来到清华大学国学研究院，成为“四大导师”之一。

当时的清华园里流传着一个说法：整个学校有两个人是只看背影就可以认出来的，一个是梁启超，因为他走路时两边肩膀一高一低；另外一个是王国维，因为只有他还留着辫子。

（六）留辫之谜见证独立人格

王国维留辫子这件事，一直是一个难解的谜团，也是他矛盾的一点。一方面，他的西学知识冠绝当世，是全中国最精通西方哲学的人之一，他绝不是一个食古不化的人；可另一方面，连末代皇帝溥仪都剪掉了自己的辫子，王国维却还留着。

北京有一群学生组织了个剪辫会，自发上街视察，看到留辫的人就上前劝说。听说老师王国维居然还留着辫子，学生们就准备去堵他。一群学生气势汹汹地等着他走近，以为这么顽固的人肯定是个猥琐老头儿，**没想到来人虽不高，却昂然挺立，辫子和他的气场融为一体，具有一股凛然不可侵犯的威严**。

结果，没有一个学生敢上前拦他，只能眼睁睁看他走远。

有一次，妻子问他为何不剪辫，他的回答耐人寻味：**“既然留**

了，又何必剪呢？”

民国还留着辫子的另有一位奇人，叫辜鸿铭。有意思的是，辜鸿铭也是一位英文水平极高的文学家，并非顽固遗老。辜鸿铭曾经对非议他的辫子的人说道：“我的辫子是有形的，诸位的辫子是无形的。我的辫子长在头上，诸位的辫子长在心中。”

这句话也可以拿来解释王国维的留辫——辫子如果代表顽固保守，那么，是否剪了辫子的人就不顽固不保守了呢？不，没有辫子的袁世凯依然可以复辟帝制。辫子对王国维而言代表独立人格，**在举国剪辫之时，需要有人敢于不剪。在举国西化的年代，也需要有人捍卫民族文化，保存学脉不断。**

（七）“《尚书》只懂一半”，却是真大师

王国维的威严和不苟言笑是出了名的。有一次，清华的老师们聚餐，赵元任的妻子杨步伟爱开玩笑，说：“我可不和王先生一桌！”原来，每次聚餐，其他桌的人谈笑得热闹时，王国维所在的餐桌往往很安静，带有一种静谧的严肃，再玩得开的人，在王国维面前，也会被他的肃穆和不怒自威所镇住，但所有人都敬重他，这是一种由衷的克制，而非被迫的压抑。

清华的学生中流传着一个说法：和梁启超讨论问题，都是梁启超滔滔不绝，学生只用听，不用讲；和陈寅恪讨论，则老师学生各讲一半；但如果和王国维交流，则基本上全是学生在讲，王国维抽着烟听，要么点点头，要么摇摇头。

历史学家徐中舒在清华念书时就是王国维的学生，他回忆，那时候师生二人交流，如果他有问题问，王国维就回答他，“略举大意，数言而止”，没有问题的时候，师生二人就沉默对坐，王国维

一根接一根地抽烟，一个下午就安安静静地过去了。

但这种严肃，并非傲慢或不近人情，而是性格使然。

相反，虽然身怀绝学，王国维一直非常谦逊。他写给学生的信件开头称呼，永远是“××兄”，即使对方是小他二十岁的少年。他去上课，给学生讲《尚书》，上来就说：“**各位，我对《尚书》只懂了一半，这是我对各位应该说的第一句话。**”

学生问他问题，有时超出他的知识范围，他便直截了当地说：“我不知道。”**这是一种令人敬畏的谦逊，他的造诣之高深、学养之深厚，根本不需要任何“不懂装懂”来修饰。**

（八）严肃外表，温柔内心

徐中舒曾经评价老师王国维：“**他是有热烈的内心感情的人，**但除非对很熟悉又谈得来的人，一般不轻易表露自己的感情。”这真是洞察王国维内心的话了。

王国维的子女们对父亲的严肃也会敬畏，但都知道，父亲是很温柔的人。王国维的女儿王东明女士，曾经回忆起童年的温馨片段。

王国维在家中书房勤奋工作时，家人一般不敢打扰，但孩子们调皮，有时玩捉迷藏，跑着跑着就跑进书房里去了。母亲拿着把尺子，装作来赶他们：“不许打扰爹爹！”

孩子们嬉笑着不肯走，王国维一手拿着书，另一只手护着孩子们，让他们在自己身后躲藏，竟直接和妻子玩起了“老鹰捉小鸡”，一家人满屋子跑，而他常年严肃的脸庞上，也有了慈爱的笑容。

孩子们还喜欢在王国维休息的时候，要他读诗给他们听。当然不是因为他们喜欢诗，而是因为王国维读诗时有种特殊的腔调，听起来像唱歌一样。王国维也不嫌烦，一遍又一遍地满足他们的要求，甚至还答应孩子们给他们画画，其实他根本不懂画画，就抓起毛笔随意勾几笔，说："这是艘船！这是个老人！"让孩子们也笑成一团。

有一次，他从外面回家，手拿一本旧书，笑逐颜开的样子连妻子都感到奇怪。原来他刚刚在旧书店淘了本珍贵的旧书，他翻开书给妻子孩子们看，里面夹着一张旧黄纸。看着他们不解的神情，王国维大笑："哈哈哈！这张纸才是最珍贵的！那个卖书的不识货，我就这样便宜买到了。"

这还是那个不苟言笑的王国维呀，只不过，他的心常年被对学术的专注、对事业的认真所充满，甚至无暇露出笑容。**但他心中还有真挚的感情，对家人、朋友、学生和学问，一生真诚以待，一片赤子之心。**

（九）真想死的人最冷静

这种感情充沛却不常表达的性格，也是王国维的弱点。因为，当一股感情长期得不到宣泄，**就会在内心酝酿、激荡，走向极端的痛苦。**

在清华园的几年中，王国维并不开心。他把几乎所有精力都投入到了学术研究和教学中，在几年之中又开拓了新的领域——元史研究，同时带出了一批对中国学术影响深远的学生。他拼命读书、写文、讲课，没日没夜、孜孜不倦，好像不用休息，他在以此掩饰着心中的担忧和不安。

当时的中国成了什么样子？军阀混战、民不聊生，传统文化被质疑乃至抛弃，连读书人都无法安生。1927年，学者叶德辉、李大钊被处死，北伐战争正在激烈进行，军队就要开进北京城了，还留着辫子的王国维，在这种形势下，岂能安然无事?

吴宓劝他离开北京，先去往国外避难。王国维断然回绝：“我不能走。”有人劝他剪辫以自保，王国维凄然一笑：“我的辫子不用我自己剪，自会有人来剪。”

面对着一个礼崩乐坏的世界，一心捍卫民族文化、中国礼教的王国维，以学术为性命的王国维，再也看不到希望。

他萌生了死意。

王国维的自杀，冷静得令人悚然。在他结束生命的前一天，正是清华学生的毕业典礼。典礼上气氛热烈、师生谈笑，王国维所在的那一桌也一如既往的严肃，没有人发现他的异常。

学生谢国桢回忆，那一天下午，他和几名同学还去了王国维家，而当时王国维正在陈寅恪家中，听说有学生来，当即赶回，似乎有很重要的事要对他们说。但见面之后，仍像平时一样讨论学问。

学生们劝他出城避一避，依然被回绝。王国维说：“时势如此，除了做学术，我也无以过活了。”

那天，谢国桢请王国维在扇面上题诗赠别，王国维题了沈周的诗句：**“芳华别我漫匆匆，已信难留留亦空。万物死生宁离土，一场恩怨本同风。”这分明是向学生、向人世告别之语。**

题完诗，他写上学生的名字时，并未如往常一样写“国桢兄”，而是非常慎重地写为“弟”字。因为他知道，这将是自己最后一次题字了。

当晚，王国维在家中写好遗书，藏入口袋，家人回忆，他“熟睡如常”。第二天清晨，王国维和妻儿一起吃了早餐，独自前往清华园。在学校，他和同事讨论了下学期的招生事宜，还向另一名同事借了五元钱。之后，他独自走出学校，招了辆人力车，去往颐和园。

在微波荡漾的昆明湖边，他静坐许久，最终自沉身亡。从他跳入到被捞起，只过了两分多钟，他却已经因头埋入泥，窒息而死。**无声的丧钟敲响在这座皇家园林的上空，一代大师和他的时代，和他所笃信的、献身的中华文明与礼教，一起逝去了。**

王国维去世一年之后，北京被改名为北平，另一个时代就此拉开大幕——这是一个依然不太平的时代，却可能是中国继战国时期百家争鸣之后，大师最密集的时代。

群星璀璨、风骨烁然，只是再无一人像王国维一样，留着辫子，眉头紧锁，威严凛然，在瘦弱的身躯中潜藏着改变中国的巨大力量。

YONG GUDU HE
SHIJIE DUI TAN

沈从文

最会写情书的北漂

文/金水

生　平：沈从文（1902–1988），原名沈岳焕，湖南凤凰县人。现代著名作家、文物研究家，二十世纪中国屈指可数的文学大师之一。新中国成立以前，为小说名家；新中国成立以后，专心研究中国文化，都取得斐然成就。一生传奇，影响深远。

代表作：《边城》《中国古代服饰研究》。

名　言：我行过许多地方的桥，看过许多次数的云，喝过许多种类的酒，却只爱过一个正当最好年龄的人，我应当为自己感到庆幸。

推荐语：湘西奇景，在他的小说里。历史厚重，在他的研究里。悲欢离合，在他的人生里。你愿意读，就会看到。

（一）别死啊，沈从文

新中国快要成立的时候，沈从文自杀了。

他把手伸进电线插头上，眼看着就要触电了，儿子沈龙朱一声大喝，慌忙中拔掉电源，一脚将沈从文踹开，这才保住了他爸爸的性命。沈从文涕泗横流，一双眼睛瞪着儿子，仿佛在说："你阻止我干什么！"

第二次，他将自己反锁在房间里，用刀片割开了手腕动脉和颈上血管，之前还喝了些煤油。正看着汩汩流出的鲜血，幸亏这时有人破窗而入，跳进房间，用布把他的手和脖子缠住，血被止住了，他也被硬生生地从鬼门关又拉了回来。

"死"了两次的沈从文，被人送进了精神病院。名满天下的沈从文，为什么要这样看不开呢？

很多人说，这跟郭沫若有关。20世纪30年代，沈从文批判了郭沫若，说他写小说一无是处，还是写写诗算了。1948年，郭沫若发表了《斥反动文艺》，批判沈从文是"粉红色文人"，很"毒"、很"阴险"。

知道郭沫若的影响力和地位，沈从文从内心感到害怕，他说："我搞的全错了。一切工作信心全崩溃了。"他说："我应当休息了，神经已发展到一个我能适应的最高点上。我不毁也会疯去。"

用现在的观点来看，沈从文应该是得了焦虑症，所以才有了两次自杀的行为。后来，还是挚友林徽因得知了他的事，虽然她也不知道该做些什么才好，但她还是将他接到清华自己的家里，悉心照顾。沈从文终于好了，而且再也没有寻过短见。

有人说，自杀的人是脆弱的。能有什么事情，紧要得超过自己的生命呢？为什么要自杀这么傻呢？

鲁迅先生说过："做梦的人是幸福的，人生最痛苦的，是梦醒了无路可走。"写过无数小说、对世事洞若观火的沈从文，该是梦醒的一个。可是，经过与现实搏斗后，他却发现自己无路可走了。无路可走之后有两种选择：要么就是不走了，自我了断；要么就是开天辟地，给自己杀出一条血路。

自杀过两次的沈从文，选择了走第一条路，他是懦弱的。幸好第一条路走不通，于是他毅然选择走了第二条路。

敢于走第二条路的人，是真正的勇士。沈从文的一生，就是懦弱与坚强交替的一生，他不是神不是巨人，他活生生地与生活战斗的经验，对现代人其实有很多借鉴价值。

（二）去要吧，沈从文

沈从文小时候，其实"死"过一次。当时他和弟弟两个同时出了疹子。大热天时，兄弟两人又发着高烧，既不能躺着睡觉，因为一躺下就要咳嗽；又不让人抱，因为一抱就全身难受。

湘西凤凰，名字听着好听，其实只是个穷乡僻壤，小孩出疹子，算是生死关头。大人都不存希望了，只好将两兄弟用竹簟卷起，立在屋内阴凉处，听天由命。屋廊之下，同时还放置着两具小小的棺木。出人意料的是，兄弟两人的高烧竟然慢慢消退了。之后弟弟长得高大结实，哥哥沈从文却病成了"猴儿精"。

小小年纪就已经走过鬼门关，似乎预示着沈从文一生的多灾多

难；俗语又说“大难不死必有后福”，似乎又预示着沈从文即使备受命运的敲打，依然能够鲜活地挺过来。

生在湘西，面对穷山恶水，沈从文非常野性，什么都不怕。

在私塾里读书，那种呆板而没有生气的传统文化教育，他一点都不感兴趣，经常偷偷溜出去玩。有一次他爸爸实在气不过，嚷着要把他的手指头砍掉，他立马哇哇大哭，最终还是没砍——原来再大的事，哭一哭就好了。

小孩子最恶俗的一项好奇，就是看死尸。有时沈从文偷溜出去，便到西城外牢狱旁的杀场，那里躺了一批尸体。小孩子的他，也不害怕这些躺着不动的尸体，更加不会想到这些尸体背后的悲剧。他用石头去敲死尸的头；有时用一根木棍去戳，看他还会不会动。野狗聚在尸体旁咧嘴争斗，他站得远远的，将预先准备好的石头扬手扔过去，看到野狗吓得四散飞奔，对于他是一种极大的乐趣。

虽然经常逃课，但沈从文确实很聪明：老师抽背书的时候，他可以临时抱佛脚，读个十遍八遍，居然也一字不差地背下来了。所以他总觉得：读书太容易了，为什么要花那么多时间去读书？还不如好好去玩！

（三）奋斗吧，沈从文

沈从文一心一意想着玩，于是小学都没读完，就玩进了军队。说是个当兵的，其实就是做土匪。当时天下纷乱，朝不保夕，在军队里拿着武器，没准儿还能保一条性命。身体瘦弱的沈从文，在军队里只能做文书。

后来，他遇上了对他一生影响最大的人——湘西王陈渠珍。陈渠珍虽是军人，但也是性情中人。他珍藏了大量书籍，还开放自己的书房给沈从文看。从各地搜来的古书孤本，还有很多珍贵文物，勾起了沈从文的强烈好奇心。

看着看着书，沈从文逐渐变了：原本他觉得自然的天地已经够大的了，没想到书里的世界更大。后来他不仅有古书读，还有各种各样自“五四”以来的新书杂志——《新潮》《改造》。沈从文苦思四天四夜，终于鼓起勇气跟陈渠珍说：“我想去北京上学。我得进一个学校，去学些我不明白的问题，去看些听些使我耳目一新的世界。”

没想到陈渠珍竟然一口答应：“你到那儿去看看吧，这里给你寄钱去。你想回来，这里仍然有你吃饭的地方。”可以说，是陈渠珍这个好上司给了沈从文放手一搏的勇气。

沈从文小学都没毕业，纯粹为了开眼界就敢做个“北漂”，这份胆魄和见识，是他走向成功的根源。

其实，正是因为什么都不懂、什么都没有，才敢于打破现状。打出去了，生命另开一片天地；打不出去，反正也没损失什么。

（四）读书吧，沈从文

到了北京之后，沈从文直奔他姐姐家。姐夫看到这个一腔热血的愣头青，想起了从前的自己，漫不经心地说：“你来北京，做什么？”沈从文瞪着大眼睛，眼里闪着光，满怀希望地说：“我来找理想，读点书。”姐夫蹦出一声苦笑，说：“你来读书？读书有什么用？我在这里读了整整十年书，从第一等中学读到第一流大学，现在毕业了，还不知道从哪里去找个小差事做。”

冷静了一下之后，姐夫又一副悲天悯人的样子劝说道：“北京城现在就有一万大学生毕业后无事可做。即使让你做个大学教授，又能怎样？薪水一样很低。还没有你在乡下有出息呢！”

沈从文一听，山野血性瞬间被煮沸了，慷慨激昂地说：“我待在乡下，那不是看着他们今天杀人，明天又被人杀，有什么意思，还什么都学不到！我实在待不下去了，才跑出来的！我想来读书，半工半读也好，读好书救救国家。这个国家这么下去肯定不行的！”

说了半天，姐夫都没说得动他回去，但还是很佩服他的胆魄。

最后，他送给沈从文一句话：“**你既为信仰而来，千万不要把信仰失去。因为除了它，你什么也没有！**”

（五）进击吧，沈从文

初到北京的沈从文，连当时的新式标点符号都不会用。他参加了一轮北京高校的入学考试，通通不过。北大的招生老师看他这副寒酸的样子，好心地把报名的两块钱退还给他。但他身上，也总共只剩下七块六毛钱。拿着手上仅有的这几块钱，沈从文欲哭无泪。

他非常执着地练习写新式文章，非常执着地向报社投稿，但命运非常执着地一次次拒绝他：除了偶尔发表的小豆腐块，他的文章大多石沉大海。

不久之后，沈从文听到当时一位编辑大人的事：在一次编辑会上，主编把一大沓沈从文的未用稿件摊开，说“这是大作家沈某某的作品”，说完就狠狠地把稿件揉成一团，扔进了废纸篓。

不断的挫败，也让他考虑过转行。幸好，沈从文最终还是记起了当初姐夫送给他的一句话：你既为信仰而来，千万不要把信仰失去。

悲痛也就悲痛吧，落泪也就落泪吧。等眼泪流干了，还是要继续写。

除了不断投稿，沈从文还写信给当时的文坛大佬们，希望得到赏识。

其中一封信，寄给了郁达夫。郁达夫本来正处于人生低潮期，他觉得自己已经够惨的了，没想到这北京居然还有人比他更惨，他决定去看看这个年轻人。

推开沈从文那间又霉又小的破房子的门时，郁达夫震惊：天寒地冻，屋里居然没有火炉取暖；一个面无血色的年轻人缩在一角，只穿了两件夹衣，流着两行鼻涕，用破旧的被子裹着两条腿，在桌子旁边边抖边写。

沈从文看见了几乎是破门而入的郁达夫，就像溺水的人终于抓到了一根救命稻草。他赶紧向郁达夫滔滔不绝讲起了自己的抱负、自己在北京的惨况……就好像他要把在北京四五年间没机会讲的话一次讲个够似的。

郁达夫中午请他去吃饭，吃完饭郁达夫将剩余的零钱全部给了沈从文，末了还说了一句："我看过你的文章。你要好好写下去。"回到破屋子的沈从文，哇的一声扑倒在桌子上，号啕大哭起来。

后来郁达夫果然将沈从文介绍给了徐志摩。

徐志摩刚从国外回来，接手了一个文学杂志，需要大量稿件。可是一般人写的他又看不上，只能自己累死累活地写。幸好天意让他发现了沈从文。沈从文没有国外留学经验，见识不多，这是他的弱势，但也正好是他的强势。

他的文字，没有翻译腔，就像湘西的山水和人情，自然淳朴，即使仅仅白描一番，也有让人惊艳的野趣。早年的行伍生涯，让沈从文积累了大量材料，加上他天生的想象力，很快他就创出了自己的风格，闯出了自己的天地。

现在看来，沈从文闯北京，不仅要归功于勇气，还要归功于他对自己的准确判断：他能写出迥异于别人的文字，能带给读者新鲜的享受。

这就注定他一定能在群星璀璨的民国留下印迹。

（六）恋爱吧，沈从文

沈从文名声越来越响的时候，被不拘一格的胡适请到中国公学去讲课。第一次上课那天，他原本准备得好好的，结果一进教室，顿时腿软：底下黑压压坐着数不清的人，大家都是来一睹这个新锐作家的风采的。

沈从文胆怯了，后背发凉了，本来想好要说的话都不翼而飞了。他和台下的学生，你眼望我眼，呆呆地对望。一分钟过去了，他说不出话；五分钟过去了，他还是说不出话。

结果十几分钟过去了，他才开始说话，连珠炮般一下子讲了很多，边说边在黑板上抄提纲，十几分钟就匆匆把一个小时的内容说完了。他又转过身来，和台下的学生你眼望我眼，呆呆地对望。

气氛更尴尬了。于是他拿起粉笔在黑板上写了这样一行字："我第一次上课，见你们人多，怕了。"听课的学生哄堂大笑：这个才华横溢的作家还会害羞，真是可爱。

学校里面原本妒忌沈从文名声的人，这下找到茬了："这样的人也配做先生，居然十几分钟讲不出一句话来！"有人向胡适告状，宽宏大量的胡适一笑了之："上课讲不出话来，学生不轰他，这就是成功。"

只要不用说话，沈从文总是信心百倍，气贯长虹。有一次他经过操场，看到一个女学生，皮肤黑黑，身材壮实，在跑道上边走边吹口琴，走到尽头将头发一甩，转身就往回走，仍然是吹口琴。

他后来才知道，这个女生叫张兆和，是苏州名门张家的千金。沈从文曾经自惭形秽，但并没有压抑住他内心的骚动。他说："打猎要打狮子，摘要摘天上的星星，追要追漂亮的女人。"

他第一次给人家写信，就直白地说："不知道为什么，我忽然爱上了你。"如此大胆的语句，倒没有把张兆和吓到，因为追她的人实在太多，沈从文条件算是最差的。她喜欢给追求者编号，于是给沈从文编了个号叫"青蛙十三号"。虽然没有收到回信，但是沈从文并没有放弃，一封接一封地给对方写信。

最疯狂的时候，沈从文甚至说如果她不跟他在一起，他宁愿去死。张兆和真心烦了，跑去找校长胡适让他消停消停。胡适也劝了，沈从文还是不消停，那劲头，就像当年在北京一定要混出名堂来一样。

张兆和虽然受不了他的烦，但翻出他写的情书，不得不说，水平不是一般的高：**"我行过许多地方的桥，看过许多次的云，喝过许多种类的酒，却只爱过一个正当最好年龄的人。"**

"如果我爱你是你的不幸，你这不幸是同我的生命一样长久的。"

……

滔滔激情，任谁读来，都抵挡不住。放暑假的时候，沈从文甚至直接去了苏州看她，成功讨得张家一家大小的欢心，最终让张兆和心动爱上了他。

四年了，沈从文写了四年情书，终于得到了女神的青睐，喝上了婚姻的喜酒，也终于过上了自己大胆幻想过的幸福生活。婚后不久，沈从文写出了毕生最伟大的作品——《边城》，里面除了继续描写独一无二的湘西风景，还出现了一个纯真可爱的女主角——翠翠。

这个皮肤黝黑、健康天真的少女，原型就是张兆和。

（七）出轨吧，沈从文

翠翠虽然长得像张兆和，但她活脱自然的生命力，是张兆和所没有的。作为千金小姐，张兆和理性有余，激情不足，而且和沈从文的精神世界格格不入：沈从文喜欢听傩戏，呕哑嘲哳，怪腔怪调，爱听昆曲的张兆和根本听不进；沈从文喜欢收藏古董，张兆和觉得很奇怪，他又没钱，收那么多古董干吗，还直说他“不是绅士冒充绅士”；沈从文性格豪爽，经常对朋友仗义疏财，张兆和整天为家里的开销发愁，更加忍受不了他的“打肿脸充胖子”。沈从文无奈哭诉：“你爱的根本不是我，而是我写的情书！”

表面温顺、实则傲岸的沈从文，已经对现实的婚姻失望了。看得出来，他是不甘心的。

有一次他去拜访朋友，在朋友家碰见了一个叫高青子的文艺女青年。高青子早就知道他会来，原本就对天才作家仰慕不已的她，故意按照沈从文小说中的女性形象来打扮自己，连言谈举止都和小说中无异。沈从文再次被撩得心旌摇动，不能自已。

神女有心，襄王有梦。他不可避免地爱上了高青子。《边城》女主角翠翠的原型，除了有夫人张兆和，其实还有高青子。沈从文曾经含蓄地说：《边城》是他在现实中受到婚外感情引诱而又逃避的结果，是他感情的寄托。

按照惯例，沈从文在小说中大量透露自己的感情生活。他有一篇小说叫《看虹录》，讲的是一个男作家在一个漫天风雪的夜晚，探访情人：窗外寒气逼人，室内炉火温存。两个情投意合的人在融融暖意中，达成了生命的大和谐。

不知道这是沈从文的亲身经历，还是他一贯的美好想象。一边是激情，一边是现实，他非常为难。于是他不得不去拜访好友林徽因，希望得到一些指导。林徽因当然理解沈从文的处境，但她也不知道该怎么办："生活就是这个样子的，你要学着自己慢慢去化解。"

八年过后，高青子选择离开，主动将这段注定没有结果的感情斩断了。

沈从文最后还是选择跟张兆和白首偕老。当现实与理想相互冲突的时候，他只能委身于现实。沈从文死后，张兆和整理丈夫的遗稿，突然明白了些东西："从文同我相处，究竟是幸福还是不幸？得不到回答。他不是完人，却是个稀有的善良的人。"

其实无论是张兆和，还是高青子，还是沈从文自己，也未必能够清楚定义出沈从文究竟是什么人：

当他太过迁就理想，现实会痛；当他太过迁就现实，理想会痛。他的一生，都在接受，又在拒绝；在妥协，又在不妥协。这就是他性格中的韧度。

这是沈从文的不幸，也是他的幸运。

（八）重生吧，沈从文

正是沈从文柔韧处世的性格，使他能够度过1949年的那一场精神危机。但"死"了两次的沈从文，再也不能写小说了。

想象一下，一个前半生以小说扬名天下的大才子，脑海里还构思了几部鸿篇巨制，有些已经开了头，突然之间就不能再写了，这真是要了他的命。

但是，只有精神狭隘的人才会只有一条命。沈从文不能写小说了，但他在研究文物中找到了另一条命。早在陈渠珍那里时，他就已经从一件件古董当中，发现了我们这个民族静水流深的生命力——**一个民族的传统文化就凝聚在器物之中，这个民族有多博大，它的器物文化就有多博大**。

于是，他的工作发生了翻天覆地的变化：别的大作家，茅盾、巴金、老舍，都已经变成了“人民艺术家”，整天出国，飞来飞去；只有他，还蜗居在北京，自愿进历史博物馆做研究：“天不亮即出门，在北新桥买个烤白薯暖手，坐电车到天安门时，门还不开，即坐下来看天空星月，开了门再进去。晚上回家，有时大雨，即披个破麻袋。”

没人理解他为什么这样做：不写文章的沈从文，看来是彻底落伍了、过时了。而他自己却说：“我似乎第一次新发现了自己。”

因此，可以想象他报告自己转行所取得的成就时，语气多么自豪：“我应向你认真汇报一下，现在麤麤作估计，除服装外，绸缎史是拿下来了，我过手十多万绸缎；家具发展史拿下来了；漆工艺发展史拿下来了；前期山水画史拿下来了；陶瓷加工工艺史拿下来了；扇子和灯的应用史拿下来了；金石加工工艺史拿下来了；三千年来马的应用和装备发展史拿下来了；乐舞杂伎演出的发展资料拿下来了……”

这些成就，都是他凭着一个人的眼力和心力，在一间十平方米的小房间里完成的。

这一次重生，比他之前写小说的生命更强大：文字是以他的精神生活为养料的，一旦精神世界出现了郁结，文字的成色就会大

打折扣；文物却是滋养他的精神生活的。在一次次对精品文物的赞叹、感悟之中，他的精神世界得到极大扩充，长养了他自身的生命力。

古人所谓的“安身立命”，大概就是此时的沈从文了。

（九）唱歌吧，沈从文

沈从文真正是一个内心强大的人。

下放到湖北咸宁五七干校干苦活的时候，他给侄子写信说：“这里周围都是荷花，灿烂极了。”就在这个地方，就以这种心情，沈从文没有任何参考资料，仅凭记忆写下了二十一万字的服装史。

写书过程过于用脑，加上体力活动也干不少，沈从文身体吃不消，需要去申请止痛片。

填完表格，拿了几粒药丸，沈从文转身离去，一路唱着戏曲，像个老顽童一样，蹦蹦跳跳，神采飞扬。

沈从文曾经跟学生说过：“这世界或有在沙基或水面上建造崇楼杰阁的人。那可不是我。我只想造希腊小庙，选小地做基础，用坚硬石头堆砌它。精致，结实，对称，形体虽小，是我理想的建筑。这庙供奉的是‘人性’。”

每个人的一生，都要像沈从文一样，建造属于自己的“小庙”。往往在现实和理想的夹击之下，我们的人生都造得头破血流。

可是既然我们没有退路，那就擦干血泪，慢慢调整。总有一天，等到我们看到自己造出的或大或小的“小庙”时，我们会由衷感叹——哦，原来那就是我自己。

YONG GUDU HE
SHIJIE DUI TAN

钱　穆

中国文化的真精神

文 / 师岑

生　平： 钱穆（1895–1990），字宾四，小学文化，却被学术界尊称为“一代宗师”，与吕思勉、陈垣、陈寅恪并称为“史学四家”。创办新亚书院，教书育人，穷一生之力，只为了寻找中国文化的真精神。

代表作：《先秦诸子系年》《国史大纲》等。

名　言： 读书当一意在书，游山水当一意在山水。乘兴所至，心无旁及。

推荐语： 他是最后一位真正意义上的国学大师——他甚至就是中国文化精神本身。

引子

1986年6月9日下午，台湾外双溪的素书楼里挤满了人。人群中有稚嫩的面孔，有稳重的中年人，甚至还有几位须发全白的老者。当时已经是中国国民党中央党部副秘书长的宋楚瑜，也和一群年轻人一起坐得端端正正。他们在等着一位大师登上讲坛。

上课时间到，钱穆在妻子钱胡美琦的搀扶下，慢慢走了进来。他已经九十一岁。他在讲台上教书育人，也已经整整七十五年。

钱穆的最后一课原本是给台湾“中国文化大学”史学所的博士生讲的，但来的人远远不止。6月的室内有些闷热，听众时不时伸手轻轻抹下额头的汗水，不敢制造一点声响。

两个小时的课很快就结束了。在课的最后，钱穆用力地喊了一句：“你们是中国人，不要忘了中国！”

大师老矣，他爱了一辈子的中国，也研究了一辈子的中国，见过了受侵略凌辱的中国，却至死也没看到台湾回到祖国怀抱。

他是最后一位真正意义上的国学大师——他甚至就是中国文化精神本身。

中国文化精神之一：学而不思则罔，思而不学则殆

钱穆一开始读书的目的并不是成为大师，而仅仅是为了谋生。他十二岁时，父亲去世。家中失去顶梁柱，钱穆的学习生涯蒙上了

经济匮乏的阴影。十三岁，他和长兄钱挚一起考入新开办的常州府中学堂。兄弟二人希望能够进入师范班，学成之后可以去教书谋生，养家糊口。

在学校，钱穆白天上课，晚上回到宿舍，依然点着蜡烛继续读书。夏天蚊虫多，他就搬来两个空酒坛子，放在桌下，左脚伸进一个，右脚伸进一个，以防虫咬。

小钱穆读书太刻苦了，因此成绩一直很好，然而在十八岁那年，还是因为交不起中学的学费，辍学回家。他在乡下的一所小学里成了一名老师——比学生大不了多少的少年老师。

无锡县立第四高等小学的课堂上，坐的都是十到十二岁的高年级学生。无锡县教育局派来的督学，正坐在一间教室里听课，检查教学质量。

“今天上课的这位老师看起来很稚嫩啊，”督学心想，“好像还不到二十岁的样子，能教好吗？”

只见这位老师开场即说：“同学们，今天我们先不讲课文，我有个思考的心得要分享给你们。”

督学皱了皱眉。

“昨夜我在睡觉时，脚不小心踢了一下墙壁，痛得很。”这通开场白逗笑了小学生们，“但是呢，我由此领悟到了一个汉字结构的道理。你们看，手臂的‘臂’和墙壁的‘壁’，偏旁都是开辟的‘辟’字，而且，臂在身旁，壁在屋旁，都带有‘旁边’的意思。你们再看避，乃避开一旁，璧乃玉悬身旁，于是我总结出，所有带‘辟’字的，都有一旁、旁边的意思在里面。”

学生们听得津津有味，而督学也从来没有在小学课堂上听到这样有意思的说法，他见过的其他老师都是照本宣科，从来不会试图去教学生怎么获取学问。回到县里，这名督学还特意写了篇文章讲这件事，发表在报刊上，让钱穆的教学法火了一把。

钱穆能够这么教，是因为他自己读书时就已经能够这么敏锐地思考，正应了古训：“学而不思则罔，思而不学则殆。”

他边教书边自学，一教就教了十八年中小学。从小学教师到国学大师，钱穆靠的就是苦读和善思。

钱穆读书善于思考和怀疑，能够从别人没有疑问的地方起疑，从而取得突破。比如，他读《史记》时，就敏锐地发现《史记》的《六国年表》中纪年和诸子书籍有矛盾的地方。

他对此做了详细的考证，写成文章发表在报刊上，引起了一些学者的注意。比如东吴大学的教授陈天一，他后来还向正在燕京大学担任教授的顾颉刚引见了钱穆。一见到钱穆，听其谈吐，看其文章，顾颉刚立刻惊叹道：“君似不宜长在中学中教国文，宜去大学中教历史！”

但钱穆只是谦虚地笑笑，并不以为意——读书和思考，他已经乐在其中了。

中国文化精神之二：古之学者为己，今之学者为人

《论语》里，孔子曰：“古之学者为己，今之学者为人。”这是钱穆最喜欢的句子之一。**钱穆做学问，也不求迎合别人，只要对得起自己。**

1930年，《燕京学报》上刊发了一篇文章，名为《刘向歆父子年谱》，署名钱穆，引起北平学界的强烈轰动。一时间，几乎所有学者都在打听作者的来历。出乎所有人的意料，这个人不是名校教授，只是中学教师，没有出国留过学，甚至没有上过大学。

这篇文章通过考证《汉书》细节，推翻了康有为《新学伪经

考》中认为刘歆伪造经书的说法。这是当时一等一的大难题，堪比数学界的哥德巴赫猜想，无数学者魂牵梦绕想要解决却无力解决。

如果历史学界也有诺贝尔奖，这绝对是诺奖级别的大发现。可问题是，当时整个北平的史学界，几乎都是相信康氏学说的，连顾颉刚、傅斯年这样的大学者都笃信不疑！

但这位名不见经传的中学教师写了一篇长文，冒犯了许多大学教授。但神奇的是，主持发表这篇文章的人，正是被打脸打得最厉害的顾颉刚。

也许这就是学术不朽的原因吧，众多被钱穆驳倒的学者，纷纷表示对他文章的赞许，因为钱穆在资历上虽然不值一提，学术却无懈可击。文章发表之后，北平的北京大学、燕京大学等学校开设的经学史、哲学史之类的课程，都只能停开——因为全被钱穆证明是讲错了。

顾颉刚把钱穆请到燕京大学来，这名没上过大学的中学教师终于成为大学教师。一年之后，钱穆又转去了北大。已经是北大新秀的钱穆，还是保留着“为己不为人”的治学风格——**只要坚信自己是对的，再权威的人我也敢撑**。

结果，钱穆说自己讲课“如登辩论场”——他经常在课堂上反驳其他老师的观点，即使是名师大家，其中就包括胡适——当时公认的诸子学权威，学术界的领袖。可是就在老子的年代问题上，两人就有矛盾——胡适主张传统的说法，认为老子先于孔子，钱穆却主张老子在孔子之后。

钱穆上课就经常说：“胡先生在这个地方又考证错了。”“胡先生此处恐怕有成见。”惹得胡适在课堂上叹道：“老子又不是我的老子，我能有什么成见呢？”这可真是棋逢对手——留美博士、学界领袖和中学学历的小学校长干上了。

但钱穆可不是为了撑而撑。他只是一心追求学问的真实，追求讲出的每一句话都出自良心，而不愿意曲学阿世。大师故去后的今天，我们似乎也只能感慨，再也没有钱穆这样“为己”的良心学者，而遍地只剩“为人”的利己主义者了。

中国文化精神之三：师者，传道授业解惑也

好的学者并不一定是好老师。比如学术精湛的顾颉刚，就不怎么会讲课，上课时经常是背对着学生写板书，写了满满一黑板，一节课也就上完了。王国维更有意思，上课就抽烟，等着学生来问问题，没人问的话，就沉默着过了一节课。

但教了十八年中小学后才去教大学的钱穆，无疑更懂得如何上课、如何引导激发学生对学问的兴趣，也更能理解韩愈说的“师者，所以传道授业解惑也”的真谛。

钱穆是公认的“北大最叫座的教授”之一，每次上课都需要在最大的教室，且场场爆满，旁听的人挤得连选了课的学生都没有地方坐。钱穆讲课最大的特点之一，就是他那一口极富特色的无锡官话。他讲课思路清晰、发音清楚，而且出口成章，几节课听下来，原来听不懂无锡话的学生都能完全听懂。

钱穆讲课以善作比喻著称，在一次秦汉史课上，他指着教室中的灯泡说：“中国的秦汉文化犹如这屋中许多盏电灯，灭了一盏，屋子还亮。西方罗马文化就好比只有一盏灯，虽然非常亮，但一灭，就一片黑暗。”

钱穆讲课能动感情，讲到得意处，满面通红，声音高亢，抑扬顿挫，一口无锡官话像唱歌一样好听，将学生们也带入历史的情境中。钱穆的课上经常有许多旁听的人，这些人不一定是学生，也有

中小学教师，有在政府机关、报馆、银行工作的人，甚至有些体力劳动者也慕名而来。

听完课，有的人就会围住钱穆请教问题。钱穆从来不问来者的姓名和职业，不管对方是不是自己的学生、问的问题水平如何，一视同仁，和颜悦色地解答疑惑。

于是有学生问他：有些人似乎只是慕名而来，想见见您而已，不像来求学问的，为何您也很认真地赐以答复？钱穆说："张载十八岁的时候，只是个普通的读书人，拿着兵书去请教范仲淹。当时范仲淹已经是高官，却没有怠慢他，反而送给他一部《中庸》，勉励他用心读儒书，而不是沉迷于兵家。张载听后，幡然而悟，遂成一代儒宗。可见有时候话虽然不多，影响却不小。**孔子曰：'知者不失人，亦不失言。'我宁愿失言，不肯失人。"这种真正符合孔子"有教无类"精神的行为，在教育功利而浮躁的当代，比钻石还稀缺。**

抗日战争爆发后，钱穆跟着北大、清华、南开合并而成的西南联大，开始了四处迁徙的日子。学校在昆明的时候，钱穆住在宜良，离昆明七十多公里，每次上课都需要坐火车赶往昆明，下了火车再叫人力车，才能勉强准时到达课堂。

那时候的火车晚点个二三十分钟是常事，所以钱穆常常连晚饭都顾不上吃，下了火车就直奔教室。

每次上课，学生们都能看到身材微胖的钱穆气喘吁吁、汗流浃背地一路小跑过来。这时教室往往已经挤得水泄不通，连条通道都没有，学生就让钱穆踩着课桌，登上讲台。

有一次火车晚点了一个小时，导致钱穆迟到了约二十分钟。如果在平时，教授迟到几分钟，学生们就自行散去了。但钱穆的课，没有一名学生离开教室，所有人挤在闷热的屋子里，静静等待。这是对钱穆和他的学问的由衷敬畏。

有学生问钱穆：老师在学校不是也有一间宿舍吗，为何不提前一天过来，免得如此辛苦？

钱穆说："我是为了给你们编写讲义。我的所有书籍、资料都在宜良家中，提前一天过来就少了一天备课，不备好课就上讲台，是对你们不负责任。"

钱穆对学生好，好到许多学生很多年以后还对往事记忆犹新。比如钱穆最喜欢让学生陪着他出游，在山水之中谈学论道。

有一年，钱穆带领几名学生在苏州负责一项点校古籍的工作，除了在工作室中读书、标点，每隔十天半个月，钱穆就会说："该出去玩玩儿了！"然后就带着学生们游览苏州的拙政园、狮子林。

在途中，钱穆会和学生一起逛书店，买书送给他们，风趣地说："读书犹如游山玩水，兴味无穷。你读了章实斋的书，再读颜习斋的书，就如同从这山爬到那山，再看我的《近三百年学术史》，就好比一幅山水画卷，让你对这些山又有了新的体会。"

有一段时间，给钱穆和学生们做饭的厨师请假回家了，学生们本来想自己做饭，但是钱穆说：你们哪懂做饭！于是老师自己动手，在屋中生火煮饭、炖肉，一边照顾炭火，一边继续读书。一屋子师生一起吃上了地道的江浙菜。**被炭火熏得满头大汗的钱穆，才是真正的"师者"，比如今许多在学生面前端起架子的老师，更懂得什么是好教育。**

中国文化精神之四：犯我中华者，虽远必诛

抗日战争的初期，形势严峻，国民党军队节节败退，西南联大也随之迁往长沙、蒙自、昆明等地。钱穆饱尝了战争带来的颠沛流

离之苦，甚至最让他感到痛苦的是，许多已经写好的书稿，如《清儒学案》，都在逃难中散失。但钱穆依然坚持教书育人。他讲的是中国史，在中华民族危难之际显出了更沉重的分量。

在课上讲到激动处，他似乎就面对着日本侵略者，眼睛里快要喷出火来：**“你们要记住，统一和光明是中国历史的主流，分裂和黑暗只是中国史的逆流！若不是如此，中国历史岂能绵延数千载而不绝！”“中国，是不会亡的！”满场一片寂静，几秒后，爆发出经久不息的掌声。**

他在西南联大的课堂总能吸引来大量听众，其中就包括奋战在前线的士兵。在那段艰苦岁月中，在许多有知识的人都对时局悲观失望的时候，这样一位力证中国不会亡的大师，给人们注入了多么巨大的精神力量！

钱穆的好友陈梦家，也在西南联大教书。他也经常去听钱穆的课，听得热血澎湃。陈梦家劝钱穆，把上课的讲义整理出版，让更多同胞能够看到。钱穆说，材料太多，我所知有限，不敢出书，还是从我比较了解的专题入手比较妥当。陈梦家却不同意：“那是您为自己的学术地位着想，您的专题论文对研究历史的人肯定大有裨益。但先生要为全国大学青年着想，要为时代的迫切需要着想。”

钱穆自己思考了许久，觉得陈梦家所言确实有道理——**写一部通史，让一般有文化的民众都能读懂，在国难之际是激发民族自尊、鼓舞民族精神的强有力手段！**于是，那部前无古人的《国史大纲》横空出世。

从来没有一部历史书采用《国史大纲》的体例，钱穆在书中把中华文明当成一整个来写，注重各朝代之间的延续性，写出了中华民族连绵不绝的顽强。尤其是书的“引论”，被陈寅恪称赞为“一篇大文章”。引论开篇第一句话就令人心潮澎湃：**“中国为世界上**

历史最完备之国家。”但话锋一转，又说：“**然中国最近，乃为其国民最缺乏国史知识之国家。**”于是，钱穆写道：“**凡读本书请先具下列诸信念……**”呼吁凡是中国人，都必须了解一定程度的中国史，国家才会有希望。

这篇引论在全书出版前先刊登在报刊上，一时洛阳纸贵，许多买不到报纸的人也纷纷辗转传抄。

除了鼓舞精神，钱穆还为实际的军事行动也做出了贡献——他研究日军的行军路线和战略，发现日军很多地方是按照顾祖禹的军事地理名著《读史方舆纪要》行事的。

而写出过《史记地理考》《古史地理论丛》的钱穆，对这部书早已烂熟于胸。他将这一点呈报给政府，又教给准备上前线作战的学生，对军事行动奉献出了读书人的力量。

中国为什么能在抗日战争中艰苦抗战并最终以弱胜强？根本原因乃是凝聚一心的中华民族精神；**而钱穆正是以文化传承者的身份告诉我们：犯我中华者，虽远必诛！**

中国文化精神之五：为往圣继绝学

1960年，耶鲁大学特授予钱穆名誉人文博士学位，而且破天荒地第一次用中文念出颂词。颂词中说：“**钱穆先生，你是一个古老文化的代表者和监护人，你把东方的智慧带出了樊笼，来充实自由世界。**”

“代表者和监护人”，这举重若轻的几个字，又怎么说得尽钱穆“为往圣继绝学”经历过的艰难困苦？

1949年，钱穆前往香港创办新亚书院，堪称白手起家——连校舍都是别人出资捐赠的。学校草创，几乎一无所有，校园里缺乏可用的图书、仪器，教授的工资也时常发不出，钱穆自嘲他们“老抱着一种牺牲的精神来上堂”。

香港大学中文系主任林仰山是钱穆的崇拜者，听说钱穆来香港办学校，赶紧去找他。他的目的很明确：请钱穆到香港大学来教书，物质条件一切好说。但钱穆说：“新亚书院正在艰苦中，我不能离去。”

林仰山不死心，又说：“那先生可否前来兼课？薪酬您是不必担心的。”

钱穆笑着说：“我所在意者并非薪酬。只是新亚书院一切事情正在起步阶段，实在不容许我还在校外分心。”

林仰山仍不放弃，苦苦相求，说港大中文系也是刚起步，需要有大师指导才能走上正轨，盼钱穆不要让港大师生失望。

钱穆说：“好吧，既然师生们如此厚爱，那我答应你，必要时我可以参加港大中文系的会议，但我一不任职，二不授课，三不受薪。”

正是在这种决绝精神的支撑下，钱穆在几年之内把新亚书院办成了香港一流的大学，在人称“文化沙漠”的香港，硬是留住了学问一脉不断，他后来说：“新亚精神，老实说，则是一种苦撑苦熬的精神而已。”

可是，又有几人能熬到这个地步呢？他的学生余英时曾回忆，有一年香港的夏天特别热，钱穆犯了严重的胃溃疡，仍不愿离开学校，一个人孤零零地躺在一间空教室的地上养病。

余英时去看望他，心里难受，问他，有什么事可以帮他做吗？钱穆说，想读王阳明的文集。余英时就去买了一部送他，**“回来的时候，他仍然是一个人躺在教室的地上，似乎新亚书院全是空的。”这种继绝学的卫道者的孤独和苦痛，真不知有几人能够领会。**

中国文化精神之六：海上生明月，天涯共此时

晚年的钱穆住在台湾，一直为两岸和平统一而高呼。一方面是因为他对中国历史的洞察和爱国心，还有一方面的原因，闻之令人摧心肝。自1949年离开大陆以后，钱穆有整整三十二年不能和子女相聚。一直到1980年，八十六岁高龄的钱穆才得以和他的三子一女（钱拙、钱行、钱逊和幼女钱辉）团聚。但三十二年后的第一次团圆，只有短短七天。

第二年，他又见到了长女钱易和侄子钱伟长。1988年，钱穆病重，钱易获准进入台湾探望父亲，成为台湾开放民众赴台探亲后，第一位获准进入台湾的大陆同胞。

父女相伴一个月，竟然是数十年来时间最长的一次。钱穆说：“我本来没有什么梦想，只求有一家人、一间屋，读书终老，当个穷书生。没想到连这都成了奢望。”

因为钱穆的崇高威望，他对海峡两岸和平统一的呼吁具有很大的影响力，因此也成为“台独”分子的眼中钉。他们拿钱易的全中国人民代表大会代表身份大做文章，说他“知匪不报”。

可怜已经九十四岁的钱穆，还要为这种无端的泼脏水气愤不已，他感叹道：“**这些人已经完全抛弃了中国的文化传统！**他们不理解为什么我的女儿会从这么远的地方来看望父亲，他们是不承认父女之间的亲情的。”

这位一生捍卫中国文化的价值、捍卫中国疆域统一的国学大师，在自己九十五年的人生中，**蕴含了华夏文化的博大精深，展现了中华民族的顽强与智慧，将东方对当代的珍贵价值告诉了世人。**

YONG GUDU HE
SHIJIE DUI TAN

梁漱溟

有着世界上最傲的脊梁

文 / 斧子

生　平： 梁漱溟（1893—1988），原名焕鼎，字寿铭。曾用笔名寿名、瘦民、漱溟，后以漱溟行世。广西桂林人，生于北京。梁漱溟没有读过大学，但痴迷于哲学，因为写过一篇佛学文章，想叩学北大，却被蔡元培喊去北大当教授。梁漱溟一生思考两个问题：人生活着所谓什么？中国前途在于何方？带着这两个问题，梁漱溟出入佛老，学贯中西。他不仅有着儒者的学识，更有儒者的傲骨与不屈，在西方，他有“中国最后一位儒家”的美誉。

代表作：《人心与人生》《东西文化及其哲学》。

名　言： 在这个时代的青年，能够把自己安排对了的很少。越聪明的人，越容易有欲望，越不知应在哪个地方搁下那个心。心实在应该搁在当下的。可是聪明的人，老是搁不在当下，老往远处跑，烦躁而不宁。所以没有志气的固不用说，就是自以为有志气的，往往不是志气而是欲望。

推荐语： 如果你想知道什么才叫真正的知识分子，看看梁漱溟就知道了。

士者，为往圣继绝学

1893年，中日甲午战争的前一年，北京下着小雨，淅沥如飘小雪。

安福胡同，梁府。

婴儿的哭声突然从深闺传来，全府上下一片欢呼，婴儿五官缩成一团，隐隐沉闷。梁漱溟就是在这样一个小院子里出生，如同他看这个世界的第一眼，从小便沉默寡言，郁郁寡欢，他身体虚弱，常常一个人坐在窗边，眉头紧蹙。

六岁时，梁漱溟还不会穿裤子。那时候，裤子都需要用一根袋子系上，梁漱溟学了半天，总也学不会，索性不学。

有一天，梁漱溟和妹妹拌嘴，妹妹一气之下，不帮梁漱溟系裤绳。梁漱溟只好四仰八叉，躺在床上。

母亲觉得奇怪，问："为何迟迟不起？"

梁漱溟委屈地说："妹妹不给我穿裤子。"

全家人哄堂大笑，父亲梁济的脸上却隐隐有忧虑之色："这孩子这么笨，身子虚弱，以后可怎么办哪？"

从来左手疯子，右手天才。梁济不会想到，未来，这个笨笨的梁漱溟会成为一代宗师，"为往圣继绝学，为万世开太平。"甚至被西方人认为是"中国最后一个儒家"。

十四岁那年，梁漱溟发现一个现象，他觉得自己家境尚好，受父母疼爱，却常常苦闷不乐；而家中的女工，天天忙忙碌碌，做饭、洗衣、干杂活，很是辛苦，却并不觉得苦，脸上常常挂满笑容。

梁漱溟便问她："你天天如此辛苦，却为什么脸上总是挂着笑容？"

女工答："习惯了就好。"

梁漱溟陷入沉思：自己虽深受家人宠爱，衣食无忧，学业顺利，内心却十分苦闷；反观女工，虽然辛苦，笑容常在。

梁漱溟从此认为，人生的苦乐与外部环境其实无关，重要的是自己的内心。

这种思考与佛学一拍即合，梁漱溟便拼命地看佛书，渐渐通晓佛理。一次，他在街上看见一个拉人力车的白发老头，坐车的催他快跑，老人一急，跌倒在地上，磕到了下巴，血染白胡。

梁漱溟在旁边看着，"突然眼泪就掉下来了。"他暗暗发誓："从此一生不坐人力车。"

佛法，已经让这个少年，能够体会到众生的疾苦了。

他还要把这绝世的智慧撒播给世人。后来，梁漱溟写了一篇文章《究元决疑论》，发表在《东方杂志》上，引发关注。他拿这篇文章给北大校长蔡元培看："我想来北大念书，可以吗？"

蔡元培看完文章，惊呆了："不用了，你来北大教书吧，就教印度哲学。"

在北大，有一次梁漱溟读《论语》，发现开篇便是"悦"——"学而时习之，不亦说乎。"一直看下去，全书不见一个苦字。你可知，孔子一生命运多舛，东奔西跑，郁郁不得志，但他留下的话，全然都是欢乐的，"乐以忘忧""仁者不忧"。

梁漱溟从中感受到了一种生命的能量，这种能量，更甚于佛学。

"为什么孔子一生都在失败，却能乐以忘忧呢？"因为孔子心中有"仁"，梁漱溟对于"仁"的理解便是——生命的原动力。

从此，梁漱溟放下佛学，转而研究儒学，研究孔子思想中蕴藏的巨大生命能量。“五四运动”之后，新文化运动兴起，以一切西方文化为标准，否定传统文化的价值。

梁漱溟当即发表《东西文化及其哲学》，逆潮流而动，狠狠地批评胡适、鲁迅等人：“儒家文化才是中国复兴的基石。”

有人拿他与鲁迅相比：“梁漱溟和鲁迅是二十世纪中国最有创造力的思想家。是梁漱溟，而不是别的什么，更足以与鲁迅构成表面对立，一位是传统文化的伟大批判者，一位是传统文化的伟大发扬者。”

梁漱溟说：“我愿终生为华夏民族社会尽力，并愿使自己成为社会所永久信赖的一个人。”

他真的做到了，中国最后一个儒家，“为往圣继绝学，为万世开太平。”

士者，以天下苍生为己任

1938年1月，梁漱溟去河南、山西游历，名义上是视察防务，其实只是一个幌子，他越过渭河，坐着牛车穿越了黄土高原。

随从问他：“我们要去哪儿？”

梁漱溟：“延安。”

延安，那是毛泽东和中共所在的地方。当时正值抗日战争中期，梁漱溟先是花了半个月时间和中共领导人进行会晤，接着参观了中共领导下延安军民的生产生活情况，完全被震撼了，深深为当地那种崭新的气象所吸引、所感染。

“在极苦的物资环境里，那里的气象的确是活泼，是发扬。”最令他感动的，是所有人的乐观、朝气蓬勃。虽苦亦乐，苦中作乐，乐以忘忧。“各项人等，生活水平都差不多，没有享受优厚的人。人人都喜欢研究，喜欢学习，不仅是学生，或者说人人都像学生，爱唱歌，爱开会，便是他们当中的一种风气。天色微明，人们从被窝中坐起，便口中哼啊抑扬，此唱彼和，仿佛一切劳苦，都由此忘记。”

梁漱溟心中甚至觉得，延安乃另一个天地，精神、物质，富足无缺。

于是，他便把自己的外甥邹晓青留在了延安。

在延安期间，梁漱溟最重要的事情就是和毛泽东举行了会谈，堪称孔夫子与马克思的对话。

会谈一般从晚饭后开始，梁漱溟喝茶，毛泽东喝酒；梁漱溟正襟危坐，缓缓发表自己的意见；毛泽东抽着烟，挥斥方遒，很有一种指点江山的味道。

梁漱溟是新儒家，他认为中国的社会结构与欧洲的社会结构不一样，中国社会是“伦理本位，职业分途”。换句话说，中国社会归根结底，还是一个以伦理为纽结的熟人社会。所以，梁漱溟认为，中国不能革命，只能温和地改革。

毛泽东完全持相反的意见，他一向认为，解决中国的问题，必须扫除一切障碍，彻底革命，才能重新建立新大厦。

一个是孔夫子，一个是马克思，看来很难调和。于是，双方便都按照各自的理想奋斗下去。梁漱溟事后回忆这番会谈，称赞毛泽东：“不落俗套，没有矫饰，从容自然而亲切。彼虽有争辩，而心中没有不舒服之感，大致每天都可以舒服地回去。”

那真是一个百家争鸣的时代，每个人都对这个国家怀抱极其大的热忱，每个人都按照自己的理解，努力奋斗。

梁漱溟离开延安之后，即回到敌后，投入到抗日战争后方改善兵役的运动中。

梁漱溟在当时的中国，是出了名的农村问题专家，而农村是抗日战争兵源的最大来源地。但由于当时问题迭出，导致一方面国家得不到好的兵源，另一方面，农村也因为征兵而饱受困厄。

梁漱溟开始着手操办这件事。一开始，改善兵役运动进展得很顺利，后来由于种种原因，这项运动没法开展下去，最终，梁漱溟的兵役实施协进会被解散。梁漱溟来不及慨叹自己的成果毁之一旦，又马不停蹄地投入到抗日战争中。

这就是梁漱溟，一个彻头彻尾的国家主义者。

梁漱溟研究儒学时，常以“天下兴亡，匹夫有责”要求自己。他的家训是：“不谋衣食，不顾自己，不因家事而拖累奔赴的大事。”

梁漱溟一生都在奔波，却从未为自己之私利而奔波。

梁漱溟的儿子梁培宽常说：“父亲经常过年不回家，后来收到来信，他说：‘并非不想念家人，只因见老百姓之苦心恻恻焉。’”

“夫士者，以天下苍生为己任，以万民兴亡为所求。”

梁漱溟堪当此誉。

士者，仁而不忧，乐知天命

梁漱溟从小心思敏感，常常惆怅，后来看《论语》，看到孔子“乐以忘忧，不知老之将至”，开始思考两个问题：其一，人生究竟为何活着；其二，中国及其文化将要何去何从。

梁漱溟此后坚信，这是他一生的历史使命，尤其是后者，他在《东方文化及其哲学》中谈道：“概而言之，世界文化的复兴，即是中国文化的复兴。”故而梁漱溟一改往日愁容，仁者无忧。

1939年，梁漱溟视察敌后游击区，好几次碰到日伪军扫荡，其实当时情势很危险，但梁漱溟骑着马，慢慢走，不急不躁，“出门遥见敌骑在西面山岭上，空中并有飞机，即向东向奔驱。”果然转危为安。

后来，又到了一个小村庄。梁漱溟他们走累了，想去村子里找几户人家讨点东西来吃，突然枪声大作，满满的敌军围上来。梁漱溟一行人只好逃到后面的山洞里，没想到洞里人已经满了，便躲到另外一个山洞，但此山洞更加暴露于敌前，梁漱溟没有思虑过多，直接钻了进去。

结果，“三两敌人前来搜索，两次经过洞口，却不入内探视，我等乃得以安然无事。”

后在香港，梁漱溟为抗日筹集物资，也历经险象。他和同伴乘坐三艘船，他一艘，同伴一艘，装运珍贵药品的船一艘，结果在从香港到内地的过程中，其他两艘船都出事儿了，只有梁漱溟的那艘船安然无恙。

他就像台风中心，即使其他地方已经一片狼藉，满目疮痍，而他衣冠整洁，毫发未损。

这样的经历，让梁漱溟更加坚信自己的使命，也更加坚定地放开手去工作。有一次，在桂林，梁漱溟好友袁鸿寿先生请他吃饭，饭后在树下聊天。谁知，敌机突来，警报陡响，袁鸿寿大惊失色，慌忙找洞口去躲，唯梁漱溟镇定自若，让袁鸿寿跟在他身边，继续聊天。

敌机远去，炸弹都在旁边爆炸，二人毫发无伤。1939年，梁漱溟出入敌后长达8个月，调查民情，搜集情报，境况十分凶险，梁漱溟每每都能全身而退。

同行之人莫不钦佩梁漱溟的镇定自若：“梁先生真奇怪，若无其事。”“梁先生真了不起，若无其事。”

不仅遇到危险总能化险为夷，梁漱溟的身体也一直很健康：“其实我原是心强而身不强的人，不过由于心理上安然，生理上自然如常耳。你若是忧愁，或是恼怒，或是害怕，或有什么困难辛苦在心，则由心理马上影响生理（如呼吸、循环、消化等各系统机能）而起变化，而形见于体貌，乃至一切疾病亦最易招来。所以心中坦然安定，是第一要事。”

但这种坦然安定，并非常人可及。

在他看来，如若一个人只顾自己享乐，那么他死了也就死了，世间少了一个享乐之人而已；如果一个人顾全一家，一样，死了也就死了，无非一个家庭破裂；但他梁漱溟“不谋衣食，不顾家室”，全然勤勤恳恳，为国为民，他不能死。

如他所言，“为往圣继绝学，为万世开太平，此正是我一生的使命。《人心与人生》等三本书要写成，我乃可以死得；现在则不能死。又今后的中国大局以至建国工作，亦正需要我；我不能死。”

他坚信，只要天不亡中国，天就不会亡他。此话委实狂妄，但狂妄的背后，却是一颗强大的心灵，他坚信自己有要完成的使命，即是复兴中华文化，他这一生，也在孜孜不倦而为之努力。

士者，庙堂江湖，皆忧其民

梁漱溟一生做过最伟大的事情，是他轰轰烈烈开展的乡村建设运动。

1917年，梁漱溟去北大教书。他的父亲梁济在六十岁大寿前夕，突然投湖自尽，留下一封《敬告世人书》：

“国性不存，我生何用？国性存否，虽非我一人之责，然既见到国性不存，国将不国，必我一人先殉之，而后唤起国人共知国性为立国之必要。”

梁漱溟深受震动，在学校里教书，虽可以知识救国，但一个人的力量在校园里究竟是过于弱小，而他血性尚存，又怎甘心于做个教书先生？梁漱溟遍寻救国之道，苦心研究西方诸国之政体，最终认为，议会政体，乃救中国之最佳办法，而西方社会能够最终确立此种政体，正是因为其民众民智已开，有非常优秀的民主参政习惯，而中国广大民众，并不具备。

所以梁漱溟要做的第一件事是：唤醒民众，广开民智。

1927年，三十四岁的梁漱溟辞去北大教授，用毕生精力开始了他的乡村建设运动。

1931年，历经四年失败之后，梁漱溟在山东邹平开设了中国历史上第一家真正意义上的乡村学校：山东乡村建设研究院。

梁漱溟从每个县招收10人，共270人。具体教学方法就是，实践出真知，学员必须深入偏远山村，撰写实习报告，实习结束后，才能回校学习，并讨论在实习中遇到的问题和解决办法。

在梁漱溟心中，乡村建设研究院，一方面是教育机构，负责教育民众；一方面是管理机构，管理民众。

1932年，梁漱溟开始安排学院里的先生到各个乡村去讲学，开农村讲学运动之先河，他还亲自动手编撰了很多教材，例如《农民识字读本》《识字明理》《文武合一》《中华民族的故事》等等，开中国乡村教材之先。

除了教育，农业改良、公共卫生，梁漱溟所做之事，无所不包。“务必要使农民在思想上、教育上，有自我管理意识，农民必须代表自己。”

在那个战火纷乱的年代，有识之士皆在庙堂之上，或文或武，梁漱溟却独树一帜，一头扎进中国最广阔的乡村地区，餐风饮露。

梁漱溟说自己："不谋衣食，不顾家室，不因家事而拖累奔赴的大事。"

所谓大事，就是为国家谋未来，为民众谋福利，为民族谋崛起。

士者，不趋炎，不附势，不妥协，不畏惧

1946年，上海爆发10万余人的浩大游行，要求停止内战，维持和平。

民主人士马叙伦等人前往南京请愿。

6月23日，他们才到南京火车站，刚刚下车，便遇到一堆国民党当局策划的自称"苏北难民"的暴徒狂殴，马叙伦等人当即被打成重伤，史称"下关惨案"。

梁漱溟听说后，暴怒不已："此次下关惨案，情节离奇，遐迩莫不惊异，并非全由下关之军警不得力，而突出为一种特务活动，人所共见，不容否认。"

他直接上书蒋介石，要求严惩凶手，同时，"取消特务机关，切实保证民众自由。"7月11日，下关惨案血迹未干，李公朴被暗杀，梁漱溟再也坐不住了，马上跳出来演讲，痛斥国民党当局。

几天后，又传来闻一多被暗杀的消息，梁漱溟当即以民盟秘书长的身份公开发表演讲："李、闻二先生都是文人、学者，假设这样的人都要赶尽杀绝，那就尽早收起宪政民主的鬼话，不要欺骗民众。"

有人劝梁漱溟，你就是一个书生，保全好自己就行啦，政治家的事情，管不了，就不要管。

梁漱溟怒不可遏："我就是要连喊一百声：取消特务，我倒要看看国民党特务能不能把要求民主的人士都杀光。"

一个文人的铮铮铁骨，终于在无比强大的压力下挺立起来。

不趋炎，不附势，不妥协，不畏惧。

梁漱溟说：“‘匹夫’就是独人一个，无权无势。他的最后一着只是坚信他自己的‘志’，什么都可以夺掉他的，但这个‘志’没法夺掉，就是把这个人杀掉，也无法夺掉！”

慨然傲骨，矢志永存。

梁漱溟不是一位简简单单的学者文人，他是真正在骨子里有儒家的脊梁，有中华民族的脊梁，不趋炎附势，不低头哈腰，只臣服于自己认可的真理。

你永远无法强迫这种人为奴，就像你永远无法通过武力强迫中华民族为奴一样，他是真正的中国精神。

他是中国“最后一个儒家”。

士者，为万世而开太平

1988年6月23日，梁漱溟去世，弥留之际，他说：“我累了，我想要休息。”

著名哲学家张岱年先生痛哭不止：“大哉死乎，君子息焉。”

梁漱溟去了，但中国，正在他希望的轨道上，奔波不停。

梁漱溟是真正的士人，一生无权无势无财富，只有一张嘴、一支笔，与天奋斗，与地奋斗，双肩扛天下兴亡之重任，不害怕任何一方的刀枪，只折服于真理。他有着全世界最傲的脊梁，这条脊梁，是古代士人的脊梁，是中国文化的脊梁，是中华民族的脊梁，是永远都不会弯曲、永远挺直的脊梁。

YONG GUDU HE
SHIJIE DUI TAN

南怀瑾

最 通透的

儒、佛、道大师

文 / 金水

生　平： 南怀瑾（1918-2012），谱名南常泰，浙江乐清人，著名大修行人、学者、实业家，一生推崇中国传统文化，在儒、道、释三家皆有独到见解，佛学造诣尤其精深。常年讲学，诲人不倦，在华人世界风靡至今。逝世之后，温家宝在唁电中说："先生一生为弘扬中华文化不遗余力，令人敬仰，切盼先生学术事业在中华大地继续传承。"

代表作：《禅海蠡测》《论语别裁》。

名　言： 真正的修行不只在山上，也不只在庙里，更在社会中。要在修行中生活，在生活中修行。

推荐语： 无论是谁，如果想在生活中过得自在、快活，一定要读一读南怀瑾。

引子

大修行者南怀瑾生前最后一个讲学的地方，是他耗时六年、筹集巨资建造的太湖大学堂。自建成以来，他每天都要见到很多人：有恭敬参访的，有迷信拜见的，有科学家，有政客，有商人，有学生，有年老的，有年轻的，三教九流，冠盖云集。

有个贵妇人带着十多岁的孩子来见他，先是塞了个大红包，然后对孩子说："快给南爷爷跪下磕头。"南怀瑾赶紧说："不用了，不用了。"小孩子二话不说，"咚"地跪下，忙不迭磕头。南怀瑾也二话不说，"咚"地跪下，忙不迭磕头还礼。周围的人都惊呆了，忙叫"使不得使不得"，马上制止了孩子，南怀瑾这才在众人的搀扶下站了起来。

这一年，南怀瑾已经九十岁了。一个普通的老头做出这样的举动尚且让人觉得不可思议，更不要说名动四海、年高德劭的大德南怀瑾了。

可以说，人这一生，就在和各种欲望做斗争，处在不断索取的过程中，希望自己得到越多越好，包括名声、尊重，乃至别人的膜拜。南怀瑾对自己的一生却有八个字的评价："一无所长，一无是处。"南怀瑾之所以敢说"一无所长"，是因为他敢于放下一切，无论是名声、财富，还是地位，更不要说一个小孩子的磕头行礼了。

（一）培福而不享福，福才能久享

南怀瑾出生在浙江，父亲是个富有经营头脑的商家老板。年少的南怀瑾已经熟读儒家文化经典，但父亲为了让儿子能够读到当时最先进的科学知识，专门将他送到了城里，插班读小学六年级。

这一年寒假的时候，南怀瑾的奶奶刚好六十大寿，家里大摆宴席，锣鼓喧天，气势极大，一直闹到正月十五。结果寿宴完了第二天，南怀瑾却突然闹着要回城里念书。父亲也奇怪，平时儿子也不是说特别喜欢读书，有假放、有宴席吃就开心得不得了，这次是怎么了？其实南怀瑾自己也不知道怎么了，反正就是一股急切的心情要离开家。结果全家人都没辙了，由着他去吧。父亲对他说："现在大过年的，你要回城里也没人送你，你得自己走。""好，走就走。"结果南怀瑾一个人，走了个把钟头进了城。

就在他离开的那天晚上，家里出了大事：因为寿宴声势太大，引起了海盗的注意。当天晚上，一群如狼似虎的海盗冲进了南家，把南家洗劫一空，幸亏父亲逃得快，躲过了一劫；跑不动的母亲假装是用人，有惊无险地避开了海盗的屠刀。

这件事对南怀瑾触动很大：一般人有福气可以，但如果不懂藏福惜福，肆意挥霍福气，则过后必有灾殃。所以，培福而不享福，福才能久享。南怀瑾此后一生哪怕大富大贵，也从来不会大肆铺张，原因就在少年时代的这段奇特经历。

（二）心在哪里？我在哪里？

每个深得传统教养的男孩子，少年时代总有过幻想：习得一身武艺，仗剑天涯，行侠仗义，功成拂衣去，深藏身与名。南怀瑾喜欢读《水浒传》之类的书，对武功的向往自然也不例外。

十七岁那年，他去了杭州国术馆学武。每天清晨四点多，他都在西湖边练拳、习武。有一天他练着练着，发现一个戴眼镜的和尚在看着他。和尚问他："小伙子，我见你天天在这里练功，你教我武功可好？"南怀瑾乐得有人陪他，于是就说："好啊。"和尚于是跟他说，他法名圣士。教了一段时间，圣士法师还经常请他去自己庙里坐坐。

有一天，南怀瑾发现了圣士法师桌上的《金刚经》。法师看着他好奇的眼神，对他说："你还是拿去看看吧。"南怀瑾一翻开经书就放不下了，于是把经书揣在怀里，直接说："送给我。""好啊！你要就拿去吧。"

拿到经书后，南怀瑾每天晚上都会独坐在学校会客室一个角落里默默念诵。后来法师又送给他《指月录》等书，虽然他还是看不懂，但觉得很好看，里面有许多宝贵思想。他从此与佛学结下了因缘。

在后来的人生思考中，他心中慢慢生出一个疑问：我的心在哪里？我在哪里？

这个问题，南怀瑾问了自己一辈子。

（三）一辈子"一事无成"

南怀瑾在杭州国术馆的时候，局势已经非常危急，日本侵华战争一触即发。二十岁的时候，他动身入川，虽然最初只是为了探访剑仙。他在途中听到了许多故事：有个母亲带着两个孩子到四川来逃避战乱，她身上带病，跑得不快。为了孩子能够及时逃出生天，母亲最后含泪自杀了。孩子就地挖了个坑，把母亲掩埋了，忍着悲痛继续逃亡。

战争期间，中华大地不知发生过多少这样家破人亡的故事。

南怀瑾深受触动。他想：自己一身武艺、凌云壮志，怎么能只想着自己？现在该是报效祖国的时候了。于是在川康边境，他聚集了一大帮失意军官、政客、绿林好汉，创建了“大小凉山垦殖公司”，自任总经理兼地方自卫团总指挥，守边屯垦，准备闲时生产、战时作战来支持抗日战争。这一支地方武装力量，人数最多的时候达到上万人。

南怀瑾这时才二十多岁，虽然心智已经十分成熟，做事非常妥当，但为了让人更加瞧得起这个组织，他留起胡子，装扮成四十多岁的中年汉子。可是这个组织毕竟是独立武装力量，深受地方军阀和军统特务的猜忌。在他们的猛烈夹击之下，一年之后，垦殖公司就被打散了。

南怀瑾也不是没有过发展壮大的机会。当时孔祥熙开始筹建西南建设公司，有意叫南怀瑾入伙。但南怀瑾觉得他们就是想发国难财，他不屑于这么干。为了不让自己后悔，他还是趁早退出了。

他后来自称：“我经常笑自己，一辈子对党政军，做官，做生意，我是统统买票不进场。我的个性，不买票，看不清楚里头演什么戏，进场了，怕参与进去戏演不好，一辈子这样。”

他把事情做开头了，让有志者接上去，自己就退出了，但开风气不为师，功成不必在我。所以他才说自己一辈子是“一事无成”。

（四）多大的事，放下就好了

自己搞抗战失败了，南怀瑾报考了在成都的中央陆军军官学校。考试的时候，考官跟他说：“你别的都很好，就是人太矮了，差一公分。”南怀瑾火气起来了，拍案大骂：“我少一公分有什么关系！你不给我当兵，我可以教你们！”说完他立马束起长袍，摆开架势，耍了一套拳，虎虎生威。那考试官一看，没想到这文弱青年还会打拳，当即拍板要下了他。后来，他真的当了中央陆军军官学校的教育队武术教官。

当教官的时候，南怀瑾有一次去灵岩山游玩，碰上了来灵岩山闭关的禅宗大德袁焕仙。

袁焕仙早就听过他的名字，觉得他是可造之材，一心要接引他来学佛，于是他主动打招呼：“南教官，你好！”南怀瑾也听过袁焕仙的大名，于是赶紧还礼：“听说你是得道的高人。”

“哪里哪里，我看你武功很高，向你拜师。”

这回轮到南怀瑾谦虚了：“不敢说教，陪你玩玩。”

南怀瑾教了袁焕仙一套太极拳。礼尚往来，袁焕仙教南怀瑾习禅打坐，南怀瑾越学越欢喜，索性辞去了教官的职务，专心拜袁焕仙为师，学佛学禅。后来，他成了袁焕仙座下成就最大的弟子，声震天下。

南怀瑾回忆起这一段岁月对自己的重要性，如此总结：这一次学佛，以后不管是遇到什么事情，都变得容易理解了。“如石头投到大海中，连个波纹都不见，提起即用，放下便休。”

多大的事，放下就好了。

（五）守得住寂寞，欣赏得了凄凉

南怀瑾曾经想到峨眉山大坪寺，借阅《大藏经》。当时阅读《大藏经》的只能是僧人，南怀瑾心地澄明，不纠结在家还是出家，于是欣然剃度，开始了出家生活。

他打算用三年时间闭关读书，每天最少阅读二十卷经文，时间虽然过得非常紧张，但也充实。

峨眉山入冬以后，冰天雪地，与世隔绝，是一个人间仙境。到了夜晚，南怀瑾抬头一望，一轮明月当空，天地悠悠，万籁俱寂，他心里却没有一丝孤独寂寞感：**“人生的最高修养是守得住寂寞，能欣赏得了凄凉。修道人面对凄凉的境界，会觉得很舒服。”**

三年过后，南怀瑾还俗下山，因为他要兑现他闭关前的承诺：弘扬三教百家的学问，接续中国文化断层。

一听说他还俗，大家对他都很不理解，甚至有人谩骂他不守戒律，枉为佛家弟子。他作诗以明志：**“不二门中有发僧，聪明绝顶是无能。此身不上如来座，收拾河山亦要人。”**

他要收拾的，不仅是这个破碎飘零的河山，更是我们近百年来备受侮辱的中国文化的河山。

（六）“为保卫民族文化而战！”

南怀瑾始终没有忘记自己出山的根本任务，那就是接续中华文化。

在中国台湾的陋巷之中，瓦不闭月、门不闭风，他一手抱着嗷嗷待哺的娃，一脚踢着摇篮哄另一个娃睡觉，旁边还站着一个哭闹的孩子，他另一只手腾出来写书，每天洋洋洒洒六七千字，写出了他的第一本佛学书——《禅海蠡测》，几经周折才得以出版，定价5元新台币。书的封面写上了一句豪言壮语：“为保卫民族文化而战！”

可是书出版以后，根本没人买。不仅他自己写的书卖不掉，连别的佛书也卖不掉。他托自己的学生帮他卖书，学生拗不过，勉强请几个屠宰场的老板大发慈悲，买了几十本。后来佛法大盛，南怀瑾正愁没书送给别人读，他叫学生去屠宰场那里把书要回来——反正他们也不读，都浪费了。学生回来告诉他："书已经全部没了。"南怀瑾大惊："书都到哪里去了？""他们把书拿去包猪肉包牛肉了。"

回忆起这件事的时候，南怀瑾还是哭笑不得。**想要在一个文化沙漠播种文化，其难度之大，可见一斑。要做成难度如此大的事，南怀瑾发心之大，也可见一斑。**

后来中国台湾佛法大盛，华人世界谈佛论道很平常，南怀瑾写的书越来越多人看，他的版税也越来越高，南怀瑾笑言："写书的人不但要有耐心，还要活得命长才行。"

（七）以苦为师，苦行也就是功德之本

除了著书，南怀瑾还要讲学。一开始没人信他："听说有个南老师来了哎，专门讲佛学的。""哎哟，他真的姓南吗？我看他是来念'南无阿弥陀佛'的，所以故意弄成姓南的。"

好不容易他收了几个学生，本来大家凑钱要建一个修学的地方，结果承包工程的人夹着他们的钱跑了。几个学生顿时对南怀瑾很不尊敬，让他顿觉世态炎凉、人心凉薄。大家生活都艰难，好不容易匀出一些钱来跟他学习，现在却只能不了了之。他只能把罪责都担在自己身上了。

在中国台北，他租了一所公寓，办起了他的国学班。班上专授禅学、中医等课程，面向社会大众，不论是谁都可以报名，费用全免，而且他还要给学生零花钱。有一次他租的是一个尼姑的四层楼，他在楼上煮饭给学生们吃，尼姑闻到荤菜的味道非常不高兴，

要他们赶紧走。学生们去劝，劝不住；南怀瑾只好亲自去，保证下不为例，最后还索性跪了下去。尼姑惊呆了，答应让他继续办下去。

私人办学那几年，南怀瑾欠下了上千万新台币，而且有很多是高利贷，没钱还的时候，他只能自己去坐牢。南怀瑾说：传播中国文化之痛苦，“如万针扎身”。

从来世间法和出世间法难以两全。“修菩萨行的人，终其一生的作为，无一不在苦行之中。佛说以苦为师，苦行也就是功德之本了。”

（八）牺牲自己也不损害别人

虽然书没人看，但南怀瑾还是不停地写书。写到《楞严大义今释》的时候，胡适一看，好书，于是把他推荐去中国台湾辅仁大学教书。南怀瑾与一般的学究不同，他不喜欢从故纸堆里爬剔出故事，这样的讲解没意思。中华文化是活泼的，与生活息息相关，因此他的讲述也从生活中信手拈来，佛学、易学、道家哲学在他讲来，都很好懂。

南怀瑾讲课时，盛况空前：不仅教室里坐满了学生，连窗外都站满了听课的人。

与之相比，其他教授的课堂就显得很冷清了。南怀瑾有一位学生在师范大学任教，与同事讨论要不要把南怀瑾也请来开课。他们去向老教授提议，结果老教授说：“如果请南先生来教孔孟学说，当然是一流的教授；如果讲道家的学术，南先生也很精通；如果是讲禅宗，那更是他的老本行。所以说，请了他来，我们这些老师恐怕就失业了，到时到哪里讨饭吃呀？”

南怀瑾听说了这样的话，一年之后，主动把自己所有的课停了：“为了避免造成别人的不愉快和难过，自己应该急流勇退。以免他日遭忌，反而不妥。”

南怀瑾这样的清流，宁愿牺牲自己也不损害别人。对于名誉，也是说放就放，丝毫也不眷恋。

（九）淡泊名利，只为找到真正的自己

南怀瑾名声越来越大，连军政界人物都来听他的课。他每周四给他们开课，主要讲历史哲学，如《史记》《长短经》《战国策》和《阴符经》等，只谈学问不论其他。

蒋介石听说岛内有这么一个人，急忙请他给三军驻地巡回演讲。有一次南怀瑾去某军营上课，在山腰上看到许多荷枪实弹的士兵，一副战时戒备的阵势。上了讲台，发现台面上多了一支话筒，线头直接拉到讲台隔壁的一个房间里，南怀瑾马上意识到：今天老蒋先生也来听课了。

过后不久，蒋介石宣布要在岛内设立一个“中华文化复兴运动推行委员会”，他自己亲任会长，邀请一大批学者参与，最重要的，是他想请南怀瑾主持实际工作。但是，南怀瑾还是拒绝了。这个决定，在情理之外，也在意料之中。

蒋经国要来拜访，亲自来到他家以后，发现南怀瑾身穿日常衣服迎接，而且丝毫没有让他进屋的打算。他问：“南先生，方便让我进去看看吗？”南怀瑾摆摆手：“陋室过于狭窄，还是不看为好。”没办法，蒋经国最终还是请南怀瑾上他的车，两人在车中谈了两个多小时。后来，可能感到蒋经国不太喜欢他开课，南怀瑾主动出走美国，离开了居住三十多年的中国台湾。

有的人视权势熏天为成功一大标准，削尖脑袋都要挤进权力核心，供人差遣，以为自己玩得转权力的游戏，结果被人玩了都不知道；南怀瑾却视权势如敝屣，一直冷眼旁观，政界巨子在他看来也不过是门外客。只有不需要跪舔任何人，人才能够真正找到自己。

（十）为子孙后代修一条人生走的道路

南怀瑾定居中国香港的时候，1988年初春，家乡浙江温州市委的同志专程赴香港拜访他，说起了一条搁置已久的铁路——金温铁路，他们希望南怀瑾“能起而倡导兴建金温铁路”。

南怀瑾一想：兴建铁路可不是一般的事，需要周密布局，而且耗费巨大，他一个人哪里找那么多钱？于是他很快拒绝了。但温州市委的同志没有退缩。

他们先是给南怀瑾的香港寓所与温州老家架设专线，让他能与音信隔绝四十年的发妻通话。虽然只有短短四十分钟，已经让南怀瑾热泪盈眶，激动难抑。随后他们特意请发绣大师用南怀瑾老母亲的白发为她绣了一幅肖像，送给了他。南怀瑾看到这份珍贵礼物，老泪纵横，当即跪地叩拜母亲肖像。

温州市委同志殷切至此，南怀瑾便不再推辞了，毅然承担起了这份重责。他利用自己的影响力，在海外筹集了上亿美元的资金，开创了新中国内地与境外合资建设铁路的先例。铁路建成以后，各重要车站保留了1500亩土地，供公司开发。而这1500亩土地，早已经因为铁路开通升值了十倍以上。

有人非议南怀瑾投资纯粹为了赚钱，他只是笑了笑，把公司转为股份制公司，出让了大部分股权给当地群众，还劝自己的学生：“想搞赚钱的投资，到别的地方去做，不要到这条铁路沿线做。否则，就讲不清了。”

曾有学生叫南怀瑾为儒释道大师，南怀瑾笑了笑说：“什么儒释道，都是乱讲的。不要把儒释道只当作学问，要紧的是努力做实修的功夫。”

南怀瑾跟一般的国学大师太不一样了，他并不学中国文化，他是在做中国文化，践行中国文化。这是一件非常难的事，现在也没多少人肯做。但南怀瑾义无反顾地做了，而且做得相当出色。

中国文化，其实就两个字：“无我。”要做到“无我”，就得学会放下。放下以后，就知道这个世界的一切风景其实都是我们内心的风景。以无我而能成其我，放下小我才能看见大我。这就是南怀瑾的胸怀与气度。

他曾经说：“在我个人的理想与希望来说，修一条地方干道的铁路，不过只是一件人生义所当为的事而已，我们真正要做的事，是为子孙后代修一条人生走的道路。”

这一条路，他自己走了一生，也希望每个中国人都能走一走。